山田利博

知ったか源氏物語

新典社新書
67

目　次

中級編

上級編

はじめに

私の専門は『源氏物語』なもので、お陰様でいつでも人気があるのですが、『源氏物語』という名は知っていても、実際に読んだことがある人は、残念ながらそう多くはありません。と言うのは、『源氏物語』は原文で原稿用紙二千枚以上、毎日読んでもほぼ三か月近くを要するからです。この三か月という数字は不思議なもので、私は『源氏物語』を通読したことは、かれこれ二十回以上にはなると思いますが、最初に読んだ時も三か月、今読んでもやはり三か月かかります。それは、この本も初級編・中級編・上級編と分けましたように、勉強していくとだんだん深読みするようになるので、結局あまり早くならないのです。

しかし、専門家ならそれが仕事ですから、毎日読む時間も取れますが、趣味で読む場合は、そうそう時間が取れるわけではないでしょう。昔から「須磨源氏」（ちなみにこれは、『源氏物語』を題材にした能の題名にもなっています。もちろんここで使っているような意味ではありません）或いは「須磨がえり」という言葉がありますように、最初は勢い込んで読み始めたとしても、だいたい十二巻目の須磨まで行くと力尽き、読むのをやめてしまう人が多いのです。或いは、これだけ世の中が忙しくなった現代では、もっと早いかもしれません。私が昔、高校教師だった時、現国の先生が冗談で、「私の場合は帚木（二巻目）がえりです」と仰ったので、二人で爆笑したものです。

また、これもこの本で少し取り上げるように、『源氏物語』には現代語訳・マンガなどもたくさんありますが、原文をちゃんと訳せばどれも十冊ぐらいにはなってしまうため、だいたい五千ページぐらいある計算になり、三か月よりはいくらか早くなりますが、そう楽にはなりません。

けれど残念ながら、たとえ現代語訳やマンガでも、『源氏物語』を最初から最後まで読んだことのある人は非常に少ない。長さを思えば、それはある程度仕方がないこととは思いますが、かと言って『源氏物語』の話題を一生避けて通るというのもなかなか難しいのです。なぜなら、この本の最後で詳しく述べるように、十一世紀の初め頃書かれた『源氏物語』は、世界最古の長編物語の一つ（何せ、有名なシェークスピアでさえ、十六世紀の半ばですから）となり、内容も、外国でも割と高く評価されているので、外国の人と話していても、こちらが日本人と分かると、『源氏物語』の質問をされたりするからです（ちなみに、他は芭蕉や能です）。私も商売柄幾度かそんな質問を受け、それに対する答えも本書には入れてあるのですが、そんな時「知りません」と答えるのは、やっぱりちょっと気恥ずかしい。基本的に人間は知ったかぶりがしたいものですからね。

そこで考えたのがこの本です。この本は、たとえ『源氏物語』を読んでいなくても、誰かに聞かれそうな問題に答えられるよう配慮しました。ここに書いてある答えは、基本的には新しいものはありませんから、大学の古典専門の方は読む必要はありません。ただ、端々に少し私の意見も出ていますので、そういうのを探すのが好きな方、或いは、教養の「文学」等を担当し、文学を全く知らない、または興味がない学生にどう教えるか悩んでいらっしゃる方には、お役に立つかもしれません。

この本は基本的には中・高校の先生方、或いは自分で古典を学びたい人を読者として想定し、大学に研修に来ていらっしゃる小・中・高の先生方に、『源氏物語』のどんなことが知りたいかも聞いて書きました。結構無理をして、ほとんどの項目を四ページで収めるようにしましたので、どこから読み始めても構いません。興味を持ったところから始め、知っているところは跳ばしても構いません。お好きなように使っていただくのが著者の望みです。

長くなりました。それではお話を始めましょう。

初級編

1. そもそも『源氏物語』って、どういう話？

『源氏物語』の主人公

『源氏物語』のお話を始めるに当たって、やはり最初に全体像を軽く摑んでおく必要はあるでしょう。『源氏物語』を一言で言えば、正編（第一巻・桐壺（『源氏物語』の巻の名はなぜ数字でないかは、中級編で説明します）から第四十一巻・幻）は光源氏、続編（第四十二巻・匂兵部卿から第五十四巻・夢浮橋）の主人公については様々な説があるのですが、一般的には光源氏の息子・薫を主人公とした恋物語です。但しこの物語は作り（或いは仮作）物語、今で言うフィクションですから、光源氏やら薫やらいう人、或いはこの物語に出てくる四百五十名くらいの登場人物は、後で述べますようにモデルらしき人はいますが、全員実在しません。それは事件についても同様です。つまりこの物語は百パーセント虚構なのですが、文学とはもともとそういうものですから、それが瑕にはならないはずです。

主人公が途中で変わるのは、光源氏がそこで死ぬからですが、こう言うと外国の人はたいてい目を丸くします。それは現代日本人も変わらないかもしれませんが、彼らの常識では主人公は一人（個人）であるからです。『竹取物語』の主人公がかぐや姫であるように、日本の物語も最初はそうでしたが、『源氏物語』のすぐ前に書かれたと思われる『宇津保物語（うつほものがたり）』辺り（今残っている物語群は、最初にあったもののほんの一部と推定されていますので、どの物語からとはっきり断言するのは専門的にはほとんど不可能です）から、一族ないしは一家が主人公となる形式が誕生しました。次章で触れる『平家物語』もその一つですが、『源氏物語』の場合も、「源氏」というのは光源氏のことではなく、源氏一族のことと捉えれば良いでしょう。そうなると、息子が代わって主人公となっても、特に問題はないことになります。

三部構成説

話を元に戻しますが、「はじめに」でも述べたように、『源氏物語』を一言でまとめるのは大変困難で、「恋物語」というまとめ方も、専門家の中には眉をひそめる人もいるでしょうし、薫が光源氏の息子というのも、本当はもう少し補足が必要です。一般的には、『源氏物語』を三部に分けて説明します。

第一部は第一巻・桐壺から第三十三巻・藤裏葉まで、帝（桐壺帝）の息子として生まれながら、帝になれなかった光源氏が、帝として即位した者が譲位してなる上皇に準じる位、准太上天皇に上り詰めるまでを描きます。これについても紆余曲折があり、一筋縄ではいかないのですが、乱暴にまとめてしまえば、光源氏が父帝の后と密通し、その間に生まれた子供がやがて帝になることにより、この地位を手に入れるという設定です。

第二部（第三十四巻・若菜上（若菜だけ上下があります。後述）から第四十一巻・幻まで）は、因果応報とは単純化できないのですが、光源氏のその栄華が揺らぐというお話です。具体的には最後に迎えた妻・女三の宮が、光源氏の親友の息子と密通し、光源氏の子でない子を産むということによってです。これが第三部（第四十二巻・匂兵部卿から第五十四巻・夢浮橋）の主人公・薫で、そういう意味では、彼は本当の光源氏の息子ではないのですが、自分の恥にもなることですから、光源氏は生涯その秘密を薫にも明かしませんでした。それゆえ彼は光源氏の息子として扱われます。

第三部は薫が、自分の出生に疑問を持ち、仏教に救いを求めて、当時仏教の聖地であった宇治に住む光源氏の弟・俗聖（出家してないが、心がけは出家者と同じ人）の八宮のもとに通ううちに、八宮の娘達に惹かれるようになり、愛と宗教の間で葛藤するうちに物語は終わります。

実は私は、藤裏葉と若菜上の間で物語を切るのは不自然で、光源氏の一生という視点で区切った方がよほどスッキリするという二部構成説の立場に立ちますから、三部構成説というのはあまり好きでないのですが、この方がストーリーをまとめやすくなるのは確かです。特に『源氏物語』の最後は深いものがあるので、改めて中級編で取り上げますが、簡単に言えば、第一部は昔ながらのハッピーエンド、第二部はそれを壊したところに、他の作品にはない新しさがあり、さらにその先の第三部まで物語は進んでしまった。これが『源氏物語』が評価される一つの理由ではあるのです。

2.『源氏物語』って『平家物語』の裏側？

源氏とは

恥ずかしい告白をすることになるのかもしれませんが、最初の拙著の「あとがき」にも書いたように、子供の時は私も、『源氏物語』と『平家物語』は裏表、つまり源平の争乱を、平家側から書いたものが『平家物語』、源氏側から書いたものが『源氏物語』だと思っていました。それが今では専門家なのですから、一念発起、何ごとかならざらんといった思いなのですが、『源氏物語』のあらすじは前章でお話ししたようなものですから、軍記物語である『平家物語』と裏表になるはずはありません。

こういう誤解がなぜ生じるかというと、多分「源氏」というものの捉え方が不正確だからだと思います。そもそも源氏は平安時代が始まってから三代目の天皇・第五十二代嵯峨天皇の時代から始まります。嵯峨天皇には子供が五十人くらいいたので、いかな皇室財産が莫大と言っても、全ての子供に相続させるには問題が生じたこともあり、四十人弱の子供達に「源（みなもと）」の姓を与えました。

　ここでちょっと補足ですが、皆さんは皇族の姓を知っていますか。正解は「ない」で、現在の皇族もお名前だけがあり、源だろうがそれ以外だろうが（例えば在原業平の「在原」もその一つです）、姓を持つ（これを「賜姓（しせい）」と言います）ことは、それだけで天皇家から出たことになります。つまり皇族の権利を一切棄てて臣下となるということで、宇多天皇という例外はありますが、原則として天皇にはなれません。こうして嵯峨天皇は、皇室財産の逼迫（ひっぱく）を救ったのですが、もとは天皇家に連なるという自負だけは与えるということで、「水源」の意味を持つ源姓を発案したと言われています。

　以後、この例に倣（なら）う天皇は何人か出て、源氏の流派は二十一ほどあります。それぞれはもとの天皇名を冠して呼ぶ習わしで、嵯峨天皇から出た源氏は嵯峨源氏、宇多天皇から出た源氏は宇多源氏という具合です。平家と争った源氏は清和源氏で、光源氏は所詮架空の人なので何源氏とも分かりませんが、後で述べますモデルから考えると、醍醐源氏として設定されたのではないかと言われています。つまりは別の一族なので、いつまで待っても

『源氏物語』に義経は出てこないわけです。

源氏と平氏の違い

ついでですから、平氏についても少しお話ししておきましょう。平氏は桓武天皇から出た桓武平氏が有名で、平清盛もこの流れですが、これも四流あります。源氏と平氏の違いは、源氏が天皇の息子（これを一世（いっせ）源氏と呼びます）ないし孫（同じくこれは二世（にせ）源氏）がなるのに対し、平氏は天皇のひ孫以下がなります。つまり源氏の方が格が高いのですね。例えば陽成天皇が退位した時、その関係者を天皇に据えられない事情もあり、臣下たちが次の天皇を誰にするか相談したのですが、左大臣源融（とおる）は、「私なんかどうだろう」と自薦したという有名なエピソードがありますし、融は結局天皇になれなかったのですけれども、陽成天皇の二代後の宇多天皇は、日本史上ただひとり、源氏から親王に戻り、天皇になった人なのです。このことを反映するかのように、『源氏物語』でも、自分の父が光源氏であることを知った冷泉帝が、実の父を臣下にしておくのは恐縮と思い、親王に戻って即位しないかと光源氏に持ちかけるという具合に、「源氏」については、この手のエピソードが繰り返し出て来ますが、「平氏」についてはついぞ聞きません。つまりそれだけ源氏は天皇家に近いということで、それが平安時代の物語主人公の一つの条件でもあるのです。

　在原氏が賜姓の一つであることは既に述べましたし、『宇津保物語』の主人公である清原氏も元皇族でした。『落窪物語』の主人公も「わかうどほり腹の君」（王族腹の姫君）とあります。以下、しつこいので全用例を挙げることは避けますが、全て主人公は王族です。月の人であるかぐや姫ばかりは比較しようがありませんが、姫を月に迎えに来た人の中の「王」と覚しき人が、姫に対して尊敬語を使っていますから、似たようなものかもしれません。これが藤原氏物語或いは藤氏物語がない理由でもあるのです。藤原氏の実質的祖である不比等が実は天智天皇の御落胤（ごらくいん）という伝説はあるものの、所詮は〝伝説〟とすれば、藤原氏はどこまで遡っても臣下ですから。

3.『源氏物語』が書かれたのはいつ？

古典の日

二〇一二年から法制化されたようですが、十一月一日は「古典の日」だというのを知っていますか？　では何故この日が「古典の日」かと言うと、これも『源氏物語』に関係があるのです。『源氏物語』の作者・紫式部は日記を残しており、旧暦ではありますが、西暦一〇〇八年の十一月一日の条に、『源氏物語』の話題が出ています。それは、平安時代の万能（正確には漢詩と和歌と管弦、三つの能力なのですが、平安時代の学芸と言ったらこれで全てですから、分かりやすくこう言っておきます）の天才と謳（うた）われた藤原公任（きんとう）という人が紫式部を訪ねてきて、「この辺に若紫（光源氏最愛の女性。紫式部を表したと思われます。「我が紫」で、「私の紫さん」の意だという説もあります）はいますか」と声をかけてきたという記事です。これが『源氏物語』が歴史上現れた最初の記事であり、『源氏物語』は古典の代表だということで、この日が「古典の日」に決まったわけです。

ただこれは、既に第五巻・若紫巻くらいまで『源氏物語』が書かれていたことを意味しますので、一〇〇八年に『源氏物語』が書かれたというわけではありません。また、『源氏物語』くらいの長さになれば、一年ぐらいで書けるものとも思われませんので、実際は一〇〇八年の数年前から書き始められ、一〇〇九年頃には完成されたのではないかと推定されていますが、それ以上詳しい年代は今のところ明らかにされていません。ですから『源氏物語』は概ね西暦一〇〇〇年頃に書かれたと思っていれば良いでしょう。

『源氏物語』の作者はなぜ紫式部と分かる？

最初に確認しておかなければならないことは、『源氏物語』に限らず、平安時代の物語には作者名が書かれていないということです。これが書かれていれば、面倒な手続きは何もいらないのですが、書かれていないのですから、何らかの材料で推定していくしかないことになります。その何らかの材料には原本は含まれません。何故なら平安時代は一〇〇〇年近く前ですから、古すぎて作者が書いたオリジナルは存在していないからです。そうなるとどうしても外部の証拠を探さざるを得ず、『源氏物語』の場合はそれは、先ほど紹介した紫式部の日記です。

　紫式部の日記には、前章で紹介した記事を含めて、三件ほど『源氏物語』の名前が出て来ます。二件目は、『源氏物語』を読んだ一条天皇（紫式部が仕えた中宮彰子の夫）が大変感動して、『源氏物語』の作者は日本紀（にほんぎ）（日本書紀の意とも、六国史の意とも言われます）を読んでいるに違いない。非常に頭が良い」と言われたそうです。すると、左衛門（さえもん）の内侍（ないし）という女房がそれをねたんで、紫式部に「日本紀の御局（みつぼね）」というあだ名をつけたという記事。三件目は、『源氏物語』が彰子の前にあったのを道長が見て、『源氏物語』は好色な物語だから、その作者も当然好色な人なんだろうねという意味の和歌を詠んだところ、紫式部は、私は夫に死なれて以来、誰とも付き合ったことがないのに、誰が好色な者と噂するようになったのだろうという意味の歌を返したという記事です。他に、『源氏物語』という名前は出て来ませんが、彰子がお産のため実家に戻り、無事出産を終えたので宮中に戻る時、非常に長い物語を書き写してお土産にしようとしたのですが、その作業の指揮を紫式部が執っているという記事も出て来ます。

最後の記事を、そんなに長い物語は当時『源氏物語』ぐらいしかなかっただろうと仮定すると、これら四つに共通することは、もしも紫式部が作者でなかったら、何故こういう記事になるのか分からないということです。つまり、これら四つの記事は、一つ一つでは弱いのですが、四つも揃えば充分な証拠になると判断されて、『源氏物語』の作者は紫式部と結論されているわけです。

もっとも、こんなに長い『源氏物語』を、紫式部が一人で書いたのかという疑問に対しては様々な説があります。ごく最近ではコンピュータを駆使して、第二部までと第三部では、語彙の傾向が異なるから、作者は別人であるという説もあります。しかし、コンピュータの分析プログラムを組むのも人間ですから、断定できるほどかどうかはまだ分かりません。それについては今後の課題ということになるでしょう。

4.『源氏物語』の作者・紫式部ってどんな人？

生い立ち等

紫式部は日記を残していますが、それは宮仕えをしていた期間のうちの三年分ほどしかありませんので、何年に生まれ何年に死んだかは、日記から直接には分かりません。ただその日記に、「最近目がよく見えなくなってきて」という一節がありますので、それを仮に老眼が始まる四〇歳頃のことではないかと仮定して、西暦九七〇年頃生まれたとする説が一般的です。死んだ年についてはますます分からないのですが、道長のライバルであった藤原実資（さねすけ）の日記『小右記（しょうゆうき）』の一〇一九年二月一九日の記事に出てくる女房がどうも紫式部らしいので、それ以後数年して亡くなったのではないかと推定されています。つまり五〇歳くらいまでは生きたのではないかということです。

けれど幸い系図が残っていますので、家族構成は分かります。紫式部は漢学者・藤原為（ため）時（とき）の娘です。漢学者とは漢文を研究する学者なのですが、今と違い、古臭いというイメージはありません。何故なら当時日本が付き合っていた外国は、極言すれば中国しかなかったからで、言ってみれば漢学者は今の英文学者のようなものです。そう考えると何やら最先端のような気がしてきませんか？　後に述べるように、紫式部は小さい頃から、家にあった父の本を読んでいたので、彼女もまた、当時の女性としては漢文が出来る方でした。『源氏物語』と言うと、今では和文の典型みたいに思われているかもしれませんが、実は漢語（今で言うとカタカナ語）が多用された、当時としては極めて外国的な文章ですから、その考えは持たない方が良いかもしれません。

父の為時は、紫式部時代の天皇・一条の一代前の天皇・花山（かざん）の寵臣（ちょうしん）でしたから、その天皇の時代が長く続けば為時も出世して、紫式部も良いところのお嬢さんになれたかもしれませんが、日本史に詳しい方は御存知のように、花山天皇は一種のクーデターにより二年足らずで退位しましたから、為時も中の下ぐらいの地位に留まりました。したがって紫式部も貴族としてはさほど高い地位ではないのですが、もしかしたら偉くなれたかもしれないという矜持（きょうじ）は持っていたかもしれないという説もありますから、『源氏物語』執筆の原動力として、覚えていた方が良いかもしれません。

家族構成

紫式部の母は早くに亡くなったらしく、分かっていることはほとんどありません。光源氏や紫上のように、『源氏物語』の主要登場人物で母を早く亡くした者が多いのは、このためではないかと言われています。式部には姉と弟（式部の生年がはっきりしないこともあり、兄だという説もあります）が一人ずついたことが、系図・日記・歌集等から分かっています。姉とは大変仲が良かったことが歌集から分かるのですが、姉も早くに亡くなったらしく、ほとんど分かっていることはありません。弟の惟規とも、別に仲が悪かったわけではなさそうですが、惟規は為時の跡を継いで漢学者になる（『枕草子』にもあるように、当時学者は一子相伝で、男の子しかなれません）には聊か漢文が出来なかったようで、為時は紫式部が男だったらと始終嘆いていたと日記にあり、そういう意味では二人の仲は微妙なものがあったのではないかと推測されます。何せ紫式部が日記に書かなければ、千年も後の今となっては惟規が漢文が苦手だったことは分からなかったはずで、ある意味紫式部は意地悪な姉と言えると思います。有名な清少納言に対する悪口の他にも、和泉式部、『栄華物語』の作者である赤染衛門（あかぞめえもん）に対する悪口も日記に書かれていますから、紫式部の性格は、正直言って余り良くなかったようです。しかし、だからこそあれだけねちっこい『源氏物語』が書けたわけで、紫式部の性格の善し悪しを判断するのは難しいと言えるでしょう。

美人であったかどうかも良く分かっていません。百人一首の彼女の絵も、『源氏物語』が書かれたという伝説のある石山寺に残っているものも、二千円札の裏の絵も、全て後世に書かれたもので、実際に彼女を見て描いたものはありませんから、結局分からないとしか言いようがないのです。

また紫式部の本名も、当時の系図には女性の名前は書かれていませんから分かりません。学術的考証から、藤原香子（たかこ）ではないかという説もありますが、定説にまではなっていません。したがってこの本では「分からない」としておきます。

5. 紫式部って結婚してたの？　子供は？

式部の夫

昭和の『源氏物語』研究の権威の一人・岡一男博士が、式部の又従兄弟である藤原宣孝（のぶたか）と推定して以来、式部の夫は、それが定説となっています。結婚時期については諸説あるのですが、九九八年頃というのが有力とされています。すなわち式部が二八歳頃となります。今から考えればごく普通ということになるかもしれませんが、一〇代半ばくらいで結婚するのが当たり前だった当時としては、恐ろしく遅いということになります。ですからこれは二度目の結婚で、前に別の人と結婚していたのではないかとする説もありますが、定説とはなっていません。宣孝の生年もはっきりしないため、彼がこの時何歳であったかも定かではありませんが、式部と同じ年頃の息子がいたことは分かっていますので、恐らく二〇歳以上年上であったのではないかと推定されています。

今も年の差婚が流行っているようですから、このくらいの年齢差があっても、すぐに式部が不幸だったと思う人はいないかもしれませんが、紫式部の歌集から分かる宣孝は、手紙にポツポツと朱墨をたらし、「これは、あなたのことをすごく恋しく思って流した私の血の涙の跡です」などという冗談をしゃあしゃあと書ける、年の割には茶目っ気のある人ですし、式部もまんざらではなかったようですから、二人はまあまあ幸せだったと言えるのではないでしょうか。

しかしこの幸せは二年弱で終わってしまいます。宣孝が病で死んでしまったからです。次節に詳しく述べますように、二人の間には一人娘が誕生していましたから、父親等の助けがあったとは言え、女手一つで、紫式部はそこそこ苦労したと思われます。後に宮仕えすることになるのも、それと全く無関係ではないかも知れません。

その後紫式部は再婚しなかったかどうか。古くからある、藤原道長の妾になったという伝説も含め、いろいろ想像はされますが、真実は分かりません。

紫式部の娘

前節でも触れましたように、宣孝と式部の間には娘が一人いました。名は賢子(かたいこ)だと分かっています。「かたい子」という名前に反して数々の男性と浮き名を流した末に、大宰(だざいの)大弐(だいに)（大宰府の次官。かなり上級の貴族）の高階成章(たかしなのなりあきら)と結婚し、また、後冷泉天皇の乳母にもなって三位の位を貰ったので、通常大弐三位(だいにのさんみ)と呼ばれます。百人一首の「有馬山ゐなの笹原風吹けばいでそよ人を忘れやはする」を詠んだ人です（紫式部は、「めぐりあひて見しやそれとも分かぬ間に雲隠れにし夜半の月かな」でしたね。親子とも百人一首に採られている人は何組かあります）。以上のことから考えると、母の紫式部とは正反対に、幸福な人生であったのではないかと思われます。

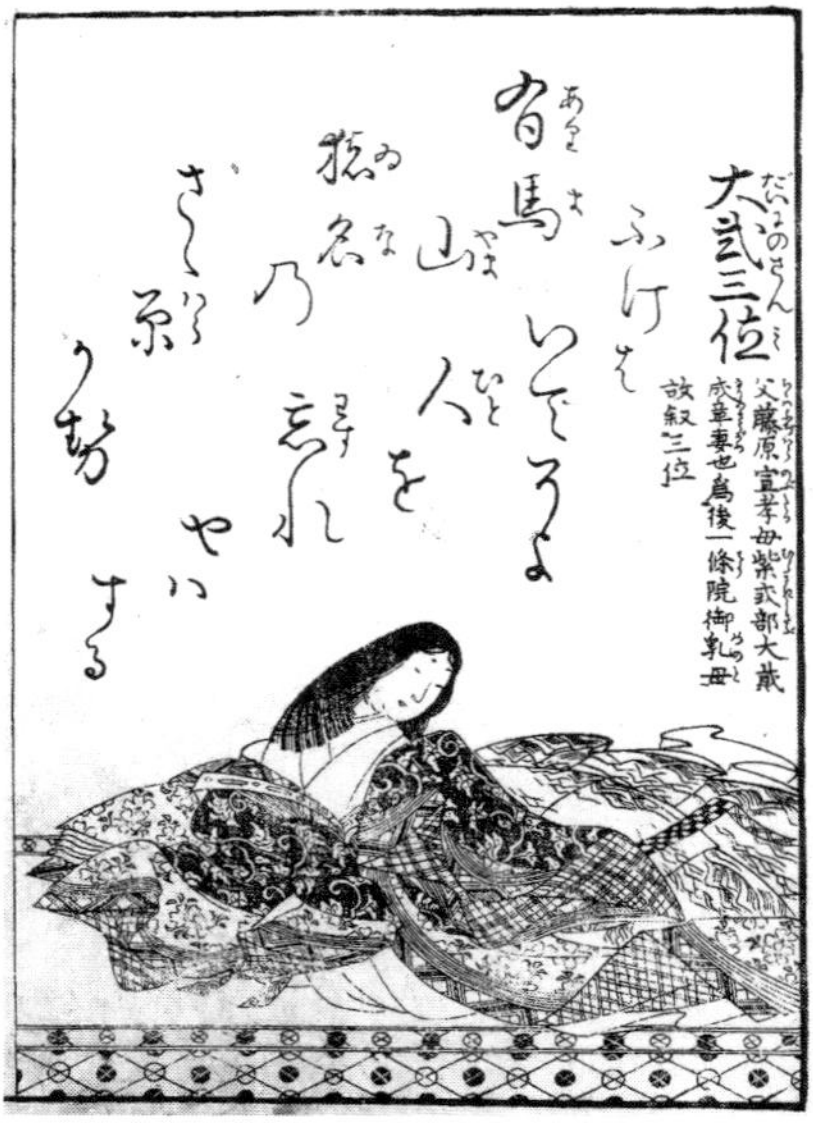

『百人一首図会』（早稲田大学図書館所蔵）

正反対なことはもう一つあって、既に書いたように賢子は名前と裏腹な人生を送ったのですが、式部の名前が香子であったとすると、本当は「たかこ」と読むのですが、「かおるこ」（＝華やいだ子）とも読めるにも拘らず関係を噂された男性の数が少ないので、「この親子の名前は逆だ」などと、専門家はつまらぬ冗談を言います。

大弐三位は、歌人としては有名ですし、平安時代の末期に、藤原長子（讃岐典侍）が書いた『讃岐典侍日記』にも登場しますが、その他に有名なエピソードはありませんので、これ以上の説明は割愛します。

6．紫式部と清少納言が仲が悪かったってホント？

『紫式部日記』

こういう仕事をしていると、この質問は良く受けます。確かに、清少納言が仕えた中宮定子と、紫式部が仕えた中宮彰子は、同じく一条天皇を夫とする、言わばライバルでしたが、実は紫式部と清少納言の活躍時期は、若干ズレがあるのです。何故なら中宮定子は一〇〇一年、三人目の子供を産んだあと死んでしまったからで、清少納言はこの後しばらくして宮中を辞したと思われるのに対し、紫式部が出仕したのは、これも諸説ありますが、一番早くても一〇〇五年と推定されているからです。つまり二人は、宮中で顔を合わせたことはないことになります。

もっとも、狭い平安京に住んでいたのですから、街角でバッタリという可能性までは否定しきれませんが、当時の女性はめったに外出しませんでしたし、外出する時は、この二人の身分なら牛車に乗るでしょうから、そこで顔を合わせる可能性も先ずないのです。それにも拘わらず二人の仲が険悪だったという伝説が生まれたのは、実は『紫式部日記』に、「清少納言はいかにも漢文が出来るふりをしているが、良く見るとレベルが低い。そんな人はろくな死に方をしないだろう」という意味の悪口が書かれているからです。

弁護するつもりもありませんが、既にお話ししましたように紫式部は漢学者の娘で、弟よりも漢文が出来ましたから、そんな彼女の目から見れば大抵の人の漢文は程度が低いでしょうし（ただ事実、清少納言の漢文力は初学者程度であったという研究は、『枕草子』側にもあります）、次節で詳しく述べるように、『枕草子』の中には、夫・宣孝の悪口と取れなくもないことも書かれていますから、そのせいもあったと推定する学者もいます。しかし、前述したように、この前に当時天才歌人として有名だった和泉式部と、『栄華物語』正編の作者で、やはり才媛と謳われた赤染衛門に対する悪口も書かれていますから、残念ながら式部は、嫉妬深い、少し嫌な性格の人であったと言わざるを得ないようです。

『枕草子』

先にも述べましたように、『枕草子』には、或いは宣孝の悪口かと思われるようなことが書かれています。それは宣孝は派手好きな人で、普通は質素な格好で行かなければならない金峯山詣でに凄く派手な格好をして行って、世間の人を驚かせたという記事です。しかしその後、仏のご加護か、わずか二か月後に、収入の多い「上国」の筑前守になったと続きますから、清少納言がこれを、本当に悪口のつもりで書いたかどうかは難しいところです。しかもこの事件は、記録によれば二人が結婚する前のこととなりそうですから、たとえこれが悪口だとしても、かなり逆恨みのような気もします。まとめれば、清少納言は式部のことを、別に何とも思っていなかったが、式部は一方的に清少納言を敵視したということになるでしょう。これは、悪口を書かれた他の二人と合わせてみれば、紫式部が清少納言の才能に嫉妬していたからと言えるでしょう。

その証拠に、『源氏物語』には『枕草子』の影響ではないかとみられる箇所が、実はかなり多くあります。例えば総角巻に、「世の人のすさまじきことに言ふなる師走の月夜」(世の中の人が興ざめなたとえとして言うらしい師走の月夜)という表現がありますが、現在伝えられている『枕草子』の本にはありませんけれども、古く「すさまじきもの」の段にそういう言葉があって、この部分はそれによったものと伝えられます。これなどは確認が取れない例ですが、長くなりますので一々引用はしませんけれど、確認が取れる例もたくさんあります。

つまり紫式部は『枕草子』に一定の評価を与えていたということで、それなのに悪口を言うというのは、「嫉妬」という他はないでしょう。しかしながら、伝えられるところでは手塚治虫も結構嫉妬深かったと言われますから、天才というものは、えてして、そういうものかも知れません。いずれにせよ、短文の集積である『枕草子』に対する対抗心が、長文の集積である『源氏物語』を生み出したとも考えられますから、あながち否定的面ばかりではないとも言えるでしょう。

7.『源氏物語』五十四帖の帖って何？　宇治十帖って何？

帖と巻

「源氏物語は五十四帖（じょう）」という言葉は良く聞くと思いますが、「帖」というのは多分耳慣れない言葉だと思います。一方、この本の最初では、主に分かりやすさのためですが、「五十四巻」という言い方をしています。これも別に間違いというわけではなく、こういう言い方も現にあります。それでは「帖」と「巻」というのはどこが違うのでしょうか？

簡単に言えば「帖」というのは冊子体（本）のことで、「巻」というのは巻子本（巻物）のことです。今と違って古典の時代の本は、この二種類がありましたので、一応呼び分けはするのですが、『源氏物語』の場合はほぼ同じ意味で用いられています。当時の本は今と違って糸だけで綴じましたから、厚い本を作るのは困難で、今で言えば一章ぐらいの量の文章を、別冊子もしくは別の巻物にしました。それで、『源氏物語』は五十四ということになるのです。『源氏物語』には巻物も冊子体もありましたから、「五十四帖」でも「五十四巻」でも正しいということになります。それでも古くは「五十四帖」と言いましたから、今は残っていませんけれども、オリジナルの『源氏物語』は冊子体ではなかったかと私は思います。ただ、断言することは出来ません。何故なら『源氏物語』が書かれた直後の読者として有名な菅原孝標女は、『更級日記』に、「源氏の物語、一の巻より」とか、「源氏の五十余巻」とか書いているからです。もちろん、孝標女が手に入れた『源氏物語』がオリジナルとは言えませんが（当時の本は今と違って、「出版」など出来ませんでしたから、オリジナルはたった一本しかないはずで、そうそう手に入れられるものではありません）、この記述が正しければ、『源氏物語』が成立してから僅か二十年後くらいという計算になります。したがって、『源氏物語』は非常に早いうちに巻物の体裁を持っていたと推測されるのです。

結局、『源氏物語』は五十四「帖」が正しいのか、五十四「巻」が正しいのかは誰にも判断が付きません。現状では両方使われますし、この本でも混用していくことになると思います。

宇治十帖

『源氏物語』五十四帖の次には、宇治十帖という言葉も良く聞くと思います。これは、『源氏物語』の最後の十巻（四十五巻目の橋姫巻から五十四巻目の夢浮橋巻まで）が、舞台を「宇治」に移すところから付いた名称です。その前の四十四巻は、平安物語の基本に則り、舞台は平安京、すなわち今の京都市でした。今でも宇治市は京都市の隣で、今では電車で二十分程度しかかかりませんが、平安時代は馬や牛車ですから、およそ半日の道のり、別世界という感覚でした。事実、今は平等院となっている藤原頼通の別荘を始めとして、当時の貴族の別荘が軒を連ねる、言わば別荘街だったのです。

もともと舞台が宇治に移動したのは、宇治十帖のヒロインたちである大君・中君・浮舟三姉妹の父・八の宮の京都の本邸が焼け、再建する財力の無かった八の宮が、宇治にある別荘にやむなく移り住んだためなのです。『源氏物語』以前の物語でも、例えば『伊勢物語』の東下りや、『宇津保物語』俊蔭巻の波斯国（はしこく）（今のイラン）等、京都以外の土地が舞台になったことも若干ありますが、全て一時的なもので、『源氏物語』のように本格的な舞台となったものはありません。それにこの地が選ばれたのには深い意味もあったのです。

先ほど宇治は別荘地と述べましたが、もう一つ、この世の他の聖なる地という側面もありました。と言うのは、宇治は代々藤原氏の墓所でもあったからです。穿った見方をすれば、「別荘」というのも、当時は世を離れて住む住まいですから、墓所と通じるところがあったかも知れません。つまり宇治は、宇治川を挟んで生者の世界である京に対して、「あの世」的世界、つまり「悟り」の世界でもあったわけで、宇治川を行き来することにより、「迷い」と「悟り」を行き来する、宇治十帖のテーマを表現するのに適切な場所であったと言えるでしょう。その証拠に八の宮の家は、確かに宇治川に面してはいても、京都側であったことが物語に明示されています。これは、出家を望みながらも娘たちに対する愛情のため、遂に出家できなかった八の宮の心情を良く示していると言えるでしょう。つまり『源氏物語』の舞台設定は、物語内容と良く呼応しており、このような舞台設定をした物語は、それまでに無かったのです。

8. 源氏物語絵巻って紫式部作？

挿絵

この話をする前に、まず「挿絵」の話から始めたいと思います。と言うのは良く、『源氏物語』（の原作に）挿絵はなかったの？」という質問を受けるからです。前の章にも書きましたように、『源氏物語』のオリジナルはまだ発見されていませんから、元の形態がどうであったかは、誰にも断言できません。けれど、今残っている『源氏物語』の最も古い鎌倉時代の写本を始めとして江戸時代の板本に至るまで、お子様向けに簡略化された『源氏物語』以外の本には挿絵は一切ありませんから、多分なかったのではないかと思います。『聖書』等はかなり古いものまで、きれいな挿絵が付いているのを私も見たことがありますが、どうも日本では、古くはそういう習慣はなかったようです。もっとも昔、玉上琢彌博士が、物語は別冊にきれいな絵が付いていて、お姫様は物語を女房等に読んで貰いながら、自分はその別冊の方を見て物語の世界に浸ったのだという説を出されましたが、まだ実物で確認が取れていませんし、たとえあったとしてもそれは「挿絵」ではありませんから、「原作に挿絵は無かった」ということで良いと思います。

源氏物語絵巻

では章のタイトルである「源氏物語絵巻って紫式部作？」に回答していきたいと思いますが、それにはまず前提条件が必要です。と言うのは、源氏物語絵巻は実は一つではないからです。

先ほど原作には挿絵は無かっただろうという話をしましたが、それとは別に、『源氏物語』の華やかな世界は、いたく想像力を掻（か）き立てたようで、原作を元に非常に多くの「絵巻」「絵本」が作られています。ですから専門家は、単に「源氏物語絵巻」ではなく、「どこどこに伝わる源氏物語絵巻」等という言い方をして区別するのですが、皆さんが普通「源氏物語絵巻」という言葉を聞いた時、思い浮かべるのは、後に触れるように、二千円札の裏の図案にもなった、国宝源氏物語絵巻だと思います。

これは平安時代末頃に書かれたもので、昔はその時代の有名画家・藤原隆能(たかよし)が描いたものと思われたので、「隆能源氏」と呼ばれたこともありましたが、その後の研究で、複数の人の手によるものということが明らかとなったため、幸い国宝である『源氏物語』はこれ一つであるので、今のように呼ばれることになりました。一つの巻から選ばれた一〜三場面の絵と、それに該当する本文のダイジェスト（つまり、本文そのままではありません）である詞書(ことばがき)が交互に書かれるタイプで、現在は名古屋にある徳川美術館に三巻と、東京にある五島美術館に一巻、計四巻が伝わります。これは古くからこの絵巻が愛され、権力者の間を転々としたためで、徳川美術館に大多数が伝わるのは、最後の権力者が徳川幕府であったからです。五島美術館所蔵のものは、徳川家の血筋を引く蜂須賀家に元はありましたが、明治になってから売りに出されたものであることが分かっています。しかし、全部合わせても物語の三分の一弱にしかならないため、元はもっとあったものと推測されています。

国宝源氏物語絵巻の作者

紫式部は平安中期の人ですから、末期となると、それから百年以上が経過している計算になり（何せ平安時代は四百年もありますから）、その一事を以てしても、この絵巻の作者が紫式部ではないことは、お分かりになると思います。『紫式部日記』によると、彼女は物語の他に、音楽の才能があったことは分かりますが、絵については言及がありませんので分かりません。けれど、『源氏物語』中には幾つか秀逸な絵画論がありますので、少なくとも絵の鑑賞眼はあったのではないかと思います。

なお国宝源氏物語絵巻を描いた画家については、現在色々な説がありますので、そちらの解説書を読んでみてください。

9.『源氏物語』に安倍晴明は出てくるの？

安倍晴明（あべのせいめい）

これは少しマニアックな質問だったかも知れません。しかし、一番新しい『源氏物語』の映画である、「源氏物語─千年の謎」（二〇一一年一二月公開）には出て来ますから、ひょっとするとそう思っている人もいるかもしれないと思って出しました。

安倍晴明は実在の陰陽師（おんみょうじ）で、生没年も九二一年から一〇〇五年までと分かっています。他の陰陽師に比べると非常に呪力が強く、呪文を唱えただけで蛙をつぶしたとか、目に見えない式神（しきがみ）（陰陽師が使役する妖怪のようなもの）を使って毎日自分の家の格子戸（こうしど）を上げ下げしたとか、果ては母が狐（きつね）だったとかの伝説が残っています。前の二つは、何らかの種があるかも知れませんので、簡単に否定はできませんが、母が狐というのはもちろんあり得ません。それだけ彼の呪力が強く、畏怖とともに信頼もされていたということでしょう。

藤原道長も彼を重用して、一〇〇五年三月八日、中宮彰子が大原野（おおはらの）神社に行幸した折に、反閇（陰陽師が行った、特殊な足運びで大地を浄める呪法）を行ったのが、彼が歴史に登場する最後です。しかし、計算してみればお分かりのように、彼はこの時八十五歳で、一〇〇八年前後に書かれたと推定される『源氏物語』に、大活躍していたとはとても思えないことが分かるでしょう。その通り、彼は『源氏物語』に登場していませんが、作者の紫式部の性格を考えると、これ以外にも、登場しないわけはありそうです。

紫式部は陰陽師が嫌い？

紫式部は日記の他に、当時の貴族の常として、『紫式部集』という歌集を残しており、それを読むと彼女の性格が良く分かりますが、その中の一首に、「三月上旬に賀茂川の河原に出たところ、そばの牛車で、法師が陰陽博士のように紙冠をかぶって祓え（当時、三月上旬の巳の日に陰陽師が祓えをする習慣があった。今のひな祭りの原型）をしていたのが憎らしくて」と題して、「はらへどの神の飾りの御幣にうたてもまがふ耳はさみかな」（祓戸（祓えの所に祭る神・筆者注）の神の神前に飾った御幣に、いやに似通っている耳にはさんだ紙冠だこと・現代語訳は、新潮社の日本古典集成による）という歌を詠んでいます。厳密にはこれは、陰陽師の格好をしていた法師が嫌だということで、陰陽師そのものが嫌いということにはならないかもしれませんが、紫式部には他に、前妻の物の怪が後妻に取り憑いて苦しめているのを、夫が小法師とともに調伏している絵を見て、「亡くなった奥さんのせいにして手こずっているけれども、実は自分自身の疑心暗鬼なんじゃないの？」という歌も詠んでいますから、当時の人が普通に信じていた「宗教」というものを信じていない、言わば特殊な人（＝現代人に近い）で、そう考えると、やはり陰陽師も信じていなかったのではないかと思われます。そういう人が自分の作品に、大活躍する陰陽師を登場させるはずはないでしょう。

『源氏物語』中の物の怪

そうは言っても『源氏物語』には、六条御息所を始めとする物の怪が登場することを知っている人も多いでしょうから一言しておくと、『源氏物語』の物の怪は、かなり特殊な出現の仕方をします。大体二つのタイプに分けられて、一つは光源氏の場合が多いですけど、目撃者が一人しか存在しないか、もう一つは夢の中に出現するタイプです。二つ目は所詮「夢」なのですから、それ以上言う必要はないでしょうが、目撃者が一人という場合も、先ほど紹介した歌のように、それは錯覚だと言い張ることが出来るわけで、『源氏物語』中の物の怪は、結局「出ているようで出ていない」とも言えるわけです。ならば、無理して出す必要も無いじゃないと、現代人なら誰でも思うでしょうが、先ほども述べたように、当時の人にとっては物の怪は、出る方が当然で、出ないものはむしろ不自然ということになります。つまり紫式部は、物語にリアリティを持たせるために物の怪は出したけれども、自分のポリシーも守ったと言えるでしょう。

10. 光源氏って、どんな顔してたの？

光源氏の顔

『源氏物語』は所詮フィクションなのですから、主人公・光源氏も実在しないわけで、その顔を云々しても詮無いことですが、あれだけ美男子と言われると、気になるのも人情というものです。実は京都に清涼寺というお寺があり、今の清涼寺は、棲霞寺と（元の）清涼寺という二つの寺が合体したものなのですが、その棲霞寺のもととなる栖霞観という邸を持っていた源融が光源氏のモデルとも言われています。また、棲霞寺の本尊であり、今も清涼寺に伝わる阿弥陀三尊の阿弥陀様の顔は、融の顔を模したものという言い伝えもあります。それを信じれば、その仏像の顔が光源氏の顔ということになるのですが、後に述べるように、光源氏のモデルはたくさんいるので、あくまで一説にしか過ぎません。では光源氏はどのような顔をしていたのでしょうか？

引目鉤鼻（ひきめかぎばな）

光源氏の顔と聞いて、大体の人が思い浮かべるのは、国宝源氏物語絵巻の彼の顔ではないかと思います。既に書いたように国宝源氏物語絵巻は、物語が書かれてから一〇〇年も後に書かれたものですから、これまた余り証拠にならないことにはなりますが、何と言っても同じ平安時代に書かれたものですから、当時の美男美女は、あんな感じのものではなかったかと思われがちです。下ぶくれで目は糸のよう、鼻なんかはあるか無いかぐらいしかありませんから、俗に引目鉤鼻と言いますが、最近の研究では、

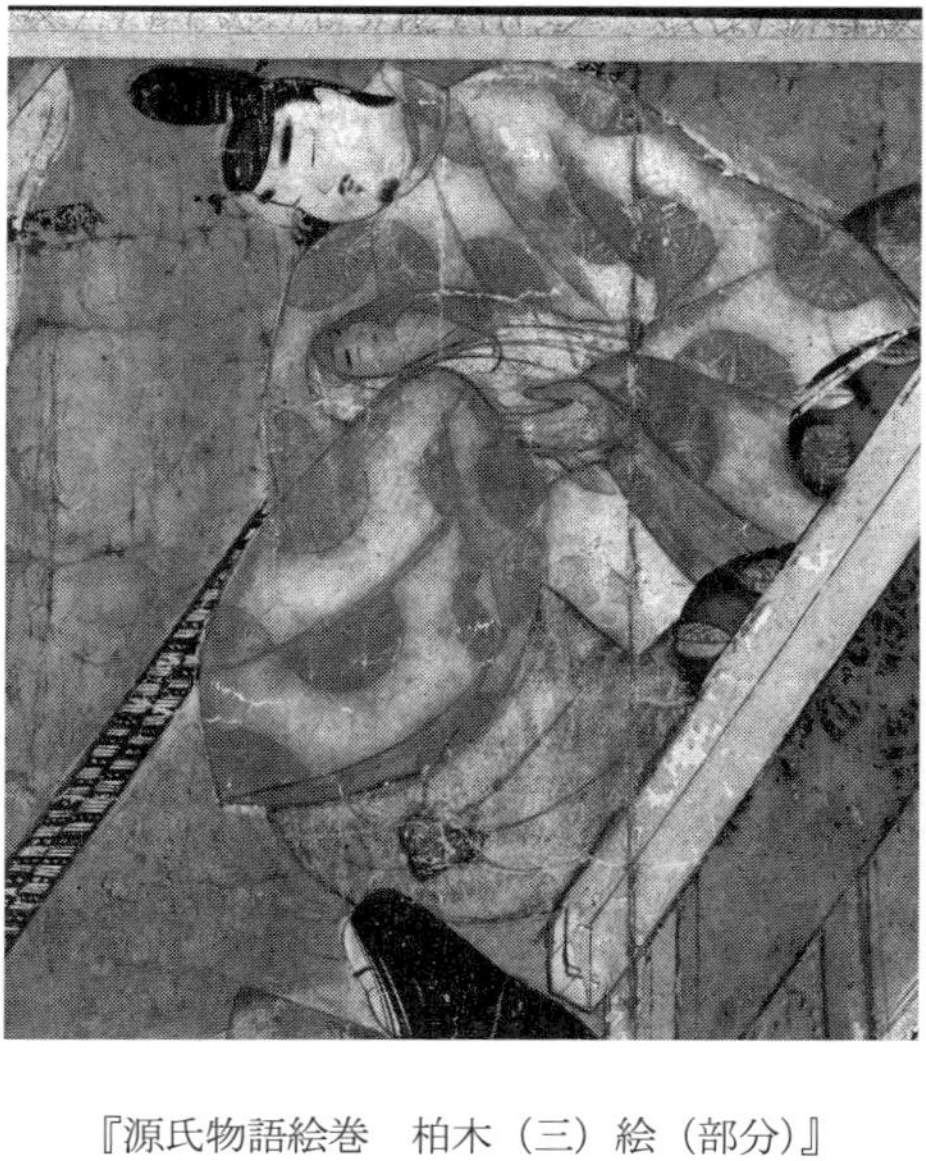

『源氏物語絵巻　柏木（三）絵（部分）』
（徳川美術館所蔵）
©徳川美術館イメージアーカイブ/DNPartcom

当時もあんな顔が美男美女というわけではなかったと言われています。

これは実は現代にも通じる考え方で、後に紹介するように、『源氏物語』をマンガ化したものは幾つかあるのですが、その光源氏の顔は、引目鉤鼻に書かれたものは一つもありません。それは引目鉤鼻を見ても現代人は美男美女とは思わないからで、そのマンガ家が美男美女として他作品でも使う顔と類似した顔で描かれています。つまりはそれが現代人がイメージする美男美女の顔ということで、そういう意味では何も間違っていることはないのですが、当然ながらその顔はマンガ家によって違います。ということは、一口に「美男美女」と言っても、人によって抱くイメージはそれぞれ違うということで、もっと言ってしまえば、それぞれの人が胸に抱いているイメージより美しいものは、この世に存在しないということです。

理想の美男美女

卑近な例で恐縮ですが、あるマンガがアニメ化されると一部のファンが怒るという現象があります。それは、音がないマンガにおいても、読者は皆それぞれにそのキャラクターの声を想像しながら読んでいるということで、その想像と実際が上手く合致しないと、「怒る」という現象が起こるわけです。それと同じように、「美男美女」と聞けば、皆それぞれ、自分が理想とする「美男美女」像を頭に思い描くわけで、「絵」がそれと異なると、何となく面白くない。それよりは、如何なる人の思い描く美男美女像でも、容易にその絵に載せきることが可能な、引目鉤鼻のような簡略な絵が一番というのが、先ほどの説なのですが、もしその説があっているとすれば、古典時代の人も、なかなか賢いと言えるのではないでしょうか。

ですから光源氏の顔もこれが正解というものはなく、皆さんが思い思いにこれが光源氏の顔だというものを、想像されれば良いのではないでしょうか。

11.『源氏物語』には何人の人が登場するの？　うち源氏が関係した女性は何人？

登場人物

『源氏物語』は五十四帖、物語に描かれた時間で言いますと、およそ七十五年ほどになりますから、そこに登場する人物は膨大です。もっとも、誰も正確に数えた人はいません。何故なら名前もなく、たまたまそこにいた人（言わば演劇等で言うところの「通行人A」でしょうか）のことまで鮮明に描かれており、それらが同一人なのか、それとも別の人なのか、名前がないので決めようがないからです。それでもざっと数えて、およそ四百五十人ほどの人が登場するということになっています。

専門家は一応これを覚えており、「あ、その人はこれこれの場面で何々した人です」と、すぐ言えるのですが、もちろん専門家でない人まで全部覚える必要はありません。學燈社という出版社が出していた『源氏物語必携』（その名の通り、『源氏物語』を読む時は、必ず携えていた方が良い本。系図・年表まで載っていて、大変便利ですが、新本では手に入らなくなってしまったのが玉に瑕）という本によると、「主要登場人物」はおよそ百人ということになっていて、確かにこれだけ覚えていれば、ほぼ足ります。

覚え方

残念ながら百人以下にはまかりませんので、なるべくここに近づく努力をして欲しいのですが、覚える方法ならいくらでもあります。一番簡便なのは『源氏物語』のマンガを読むことかと思います。『源氏物語』をマンガ化した作品は、二〇一五年現在でおよそ三十を越えているのではないかと思いますが、やはり読むなら後に詳しく紹介する、大和和紀の『あさきゆめみし』だと思います。理由はいろいろありますが、何と言っても、原作の最後までマンガ化した作品は、今のところこれしかないからです。ですから、これを読めば『源氏物語』の大体はわかり、大手予備校はどこでも、受験対策にワンセット揃えてあると聞きます。確かに入試問題レベルなら、これで十分対応することが出来ます。もっとも、登場人物の顔の見分けがなかなかつかないのが欠点ですが、慣れてくれば見分けられますし、『源氏物語』はもともと、顔が似た人物が次々と出てくる設定なので、これが「間違い」とは言えないからです。つまり『あさきゆめみし』は、専門家が見ても間違いが極めて少ないもので、そういう意味でこれが最も参考になるというわけです。

源氏が関係した女性

二〇一五年現在ヤングジャンプに連載中の、多分最も新しい『源氏物語』のマンガである『源君物語』（稲葉みのり作）によると、光源氏が関係した女性は十四人とあります。内訳はコミックス第三巻一八一頁に書いてあるので、それをチェックすると、玉鬘は原作では関係したことになっていませんし、軒端荻・中務・中将の君①②③（同名の女性が三人いる）・中納言の君・筑紫の五節・中川の女・右近・明石の姫君の乳母はカウントされていないようです。したがって、専門家が数えるところによると、光源氏が関係した女性は全部で二十三人ということになります。

これはもちろん、全て奥さんというわけではありません。と言うか、少なくとも当時の法律（＝律令）による限り、平安時代といえども、現代と同じ一夫一婦制であったことになります。つまり奥さん以外の人はみな愛人というわけですが、この法律がどこまで厳格に守られていたかについては、学者によって意見が分かれます。ですから良く、一夫多妻という言われ方もするのですが、私は一夫一婦制に与します。理由を挙げていけば別の本が出来てしまうのですが、端的に言えば、奥さんと思われる人の子どもと、それ以外の人が産んだ子どもの出世の速度が違うからです。現代の法律でも、嫡出子と非嫡出子の扱いに対する差別が若干残っていて、それを是正しようという動きも出ていますが、この現象をそのまま当てはめれば、奥さんと思われる人の産んだ子どもだけ出世が早い、つまり「それ以外の人は奥さんではない」ということになると思います。当然これは経済的に裕福な貴族階級のみに見られる現象で、庶民は完全に一夫一婦制であったと推測されます。

12．光源氏の本名は源光？

光源氏の由来

これは実は桐壺巻の中にはっきり書かれています。もっとも二箇所あって、書かれていることが食い違うものですから、専門家の間では若干議論があるのですが、取り敢えず紹介しておけば次のようなものです。

一か所目は、光源氏の母・桐壺更衣が亡くなった後、意気消沈してしまった帝を慰めるため、更衣とそっくりな女性・藤壺が迎えられたとあるところに、光源氏は余りに美しかったので、世間の人は彼を「光源氏」と呼んだ。一方藤壺も、それに劣らぬくらい美しかったので、「輝く日の宮」と並称された（ちなみに中宮彰子のあだ名が「輝く藤壺」ですから、紫式部は、自分の主人をこの人のモデルにしたと思われます）とあり、もう一か所は、「光君」という名は、源氏の将来を占ってくれた高麗（＝朝鮮）の人相見が、褒め称えてつけたとあります。つまりどちらもあだ名ということで、「光」というのは、源氏の名ではないことになります。

光源氏のモデルは源光？

大体、日本人の名前が姓の上にあるなどという現象もないわけで、こうした問いを立てること自体が馬鹿げていると思われた方もいるかもしれません。にも拘らずこれを立てたのは、実は源光という人は実在し（八四五〜九一三年）、これは一応『源氏物語』より前の人ですから、ひょっとしたら光源氏のモデルなのではないかという可能性があるからです。しかしその事蹟（じせき）を辿（たど）ってみると、どうもそれはなさそうです。

源光は仁明天皇の皇子で、最後は右大臣にまで上った人です。最後は准太上天皇にまで上った光源氏と比較すると、官職にやや不足がありますが、『源氏物語』はフィクションですから、そこは問わないとしても、一番合致しないのは、藤原時平と組んで菅原道真を追い落としたと思われる人で、最後は鷹狩りの最中に泥沼に落ちて溺死し、遺体も上がらなかったので、道真の祟りと噂されたというところです。物語の主人公が人に恨まれたり、悪役っぽかったりするのはまずいというのは言うまでもありませんが、実は光源氏のモデルの一人が菅原道真と言われているからです。

光源氏は生涯に一度、右大臣一派との政争により、須磨・明石へと流離しますが、御存知のように菅原道真も、左大臣・藤原時平により大宰府へと左遷されます。しかも光源氏は須磨の地で、菅原道真の漢詩を口ずさんだりしていますし、彼が都に戻れるきっかけの一つは、雷鳴轟（とどろ）く嵐が十日間も続き、無実の光源氏を須磨へ追いやった祟りという噂が立ったためでした。このように光源氏と菅原道真が重ねられるとすれば、その政敵であった源光がモデルであるはずがありません。では光源氏のモデルは菅原道真で決まりかというと、それも違います。何故なら彼は配所から戻ってくることは出来なかったからです。

光源氏のモデルは誰？

須磨に流されたらしい人は在原行平（ゆきひら）などもいて、「在原」も「賜姓」の一つですから、有力なモデルの一人ではあるのですが、「(光源氏が) 住まう予定の場所は、在原行平のお住まいがあった場所の近くであった」という物語の叙述が気になります。これでは光源氏と在原行平は、別人と判断せざるを得ないでしょう。また、桐壺帝のモデルとされている醍醐天皇の皇子であった源高明（たかあきら）も、左大臣まで上って一度は権勢を極めながら、讒言（ざんげん）により大宰府に流されるという点では非常に良く似ていますが、帰京後栄えることはありませんでした。島流しになったあと帰京でき、どうにか栄えたと言えるのは、意外なことに紫式部が仕えた中宮彰子の敵方、儀同三司（ぎどうさんし）（大臣に準ずるの意）となった藤原伊周（これちか）ぐらいですが、実質は伴っておらず、時代的にも『源氏物語』成立と前後が微妙なため、やはりモデルとはなし難いのです。しかしこの藤原伊周は大変な美男子と言われていましたから、その点では光源氏のモデルの一人と数えても良いかも知れません。などと言うと、「紫式部は清少納言と仲が悪いのだから、それは変だ」と思う人がいるかもしれません。しかしそれは間違いです。

第6章で説明したように、紫式部の清少納言嫌いは言わば近親憎悪のようなものです。ですから、光源氏のモデルが藤原伊周だとしても、怪しむには当たらないのですが、やはり重ならないものは重ならないのです。

結局光源氏って？

この他にも、この世の栄華を極めたのだから藤原道長がモデルとか、光源氏の邸・六条院のモデルは河原院（かわらのいん）なのだから、その持ち主である源融がモデルとか、果ては中国の偉人に至るまで、光源氏のモデルには様々な説があるのですが、結局誰一人ピッタリ事蹟が重なる人はいません。ということはつまり、光源氏はこれらの人たちの良いとこ取りをしたのであって、そのモデルは複数いるという、極めて平凡な判断をせざるを得ないことになるのです。

13．二千円札の裏の絵は何？

二千円札って知ってます？

最近さっぱり流通していないので、知らない人が多いかも知れませんが、日本には二千円札というものがあります。第二十六回主要国首脳会議（俗に言う沖縄サミット）とミレニアムを記念して表に沖縄の守礼門（しゅれいもん）を描き、それこそ二〇〇〇年に、当時の首相・小渕恵三（おぶちけいぞう）の発案により発行されました。今では沖縄を除いてほとんど使われていませんが、廃止されたわけでもありません。なぜ突然こんな話をし出したのか、一度も見たことが無い人には分からないでしょうが、二千円札の裏の絵は、第8章でお話ししたように、実は国宝源氏物語絵巻なのです。ですから、お手元に来た時「知ったか」できるように、ここではそのお話をしておきましょう。

二千円札の裏の絵

二千円札の裏の絵が国宝源氏物語絵巻になった理由は、これを発案した小渕総理が、表は何としても守礼門にしたかったけれども、裏については特に案が無かったので、当時大蔵大臣であった宮沢喜一（みやざわきいち）に、「君の好きなものでやりなさい」と言ったから、という伝説はありますが、真偽の程は明らかでありません。とにかく裏の絵は国宝源氏物語絵巻なのですが、第8章でお話ししたようにそれは、「絵」と「詞書」からなります。実は二千円札の裏の絵も、その両方からなるのです。

『源氏物語』の巻の名は「鈴虫」。後に述べますが、これは昔、アーサー・ウェイリーという人が『源氏物語』を英訳した時、「何も事件が起こらずつまらないから」という理由で唯一跳ばした巻で、なぜここを選んだのかは、専門家としては良く分かりません。ただ、何も起こらないわけでは無いので、ここで少し、鈴虫巻のあらすじを記しておきましょう。

鈴虫巻のあらすじ

柏木と密通した光源氏の妻・女三の宮は、鈴虫巻の二つ前、柏木巻で出家しました。この巻はその持仏開眼供養から始まり、次いで秋、光源氏が尼となった女三の宮の元を訪ねる場面へと続きます。そこには秋の風情を楽しむため鈴虫が多数放たれており、巻の名はそれによります。そこへ昔、源氏と藤壺が密通して出来た子で、今は帝を退いて院となっている冷泉から、十五夜の宴に参上するよう、光源氏に迎えが来ます。源氏は正規の息子である夕霧とともにその招きに応じ、口には出せないけれども家族うちそろった管弦の催しを、冷泉院で行ったというのが、ごく大雑把なあらすじです。

表面的には確かに何も起こっていませんが、登場人物の心中ではそれぞれ複雑なものが渦巻いている、いかにも日本人好みな巻と言えると思います。けれど二千円札の不思議なところは、そういった理由では説明が付きません。

二千円札の不思議

二千円札の不思議な点は主に二つありますが、第一は「絵」と「詞書」の不一致です。どちらも「鈴虫巻」には違いないのですが、場面が異なります。第8章でもお話ししたように、国宝源氏物語絵巻は、一巻毎に一～三場面を選び出しているのですが、鈴虫巻は二場面です。このうち二千円札に取られているのは、「詞書」は「鈴虫Ⅰ」と呼ばれる、源氏が女三の宮を訪ねる場面ですが、「絵」は「鈴虫Ⅱ」と呼ばれる、冷泉院での宴の場面です。何故わざわざ違うものを選んだのか、その意図も分かりませんが、「絵」の方は、専門家に言わせると「大変」な場面です。何故ならそこには、鏡に映した如くそっくりな、源氏と夕霧と冷泉院が描かれているからで、親子である以上、それは当然ではあるのですが、先ほど述べたように冷泉院は不義の子なのです。

実は、第二次世界大戦中は『源氏物語』は発禁でした。皇室に対する不敬（ふけい）が描かれているという理由によってです。戦後、皇室とフィクションに対する規制が緩（ゆる）くなったので、『源氏物語』は禁書では無くなりましたが、何もそれをあからさまに思わせる場面を政府が選ばなくてもというのが、専門家の見解であり、第二の不思議な点なのです。もちろん「知らなかったのだ」とは思いますが、こういうところにも、知識の重要性はあると言えるでしょう。

14. 平安貴族って何してたの？

平安貴族は遊んでいたわけじゃありません

平安文学を通して知っている人がほとんどのためか、貴族は皆遊んでいたんじゃないかと思っている人が多いような気がしますが、そんなことはありません。「大臣」という官職は今でもありますから察せられるように、貴族は基本的に政治家です。ですからその仕事は当然「政治」なのですが、『源氏物語』に「(政治は) 女が口にするようなことではないので」とありますように、当時の一般的女性（中宮のようなトップレディは別です）は政治に関与できなかったため、女性作家が多い物語においては、その話題が避けられているだけです。その証拠に、まだまだ男性作家が多かったと思われる平安前期の物語、例えば『竹取物語』や『宇津保物語』では、政治的な話題もたくさん出ます。かぐや姫の五人の求婚者の一人・庫持皇子（くらもちのみこ）などは、姫が出した難題・蓬萊（ほうらい）の珠（たま）の枝を取りに行くために、朝廷に休暇願を出しているほどです。もっとも、物語の読者もまた女性ですから、物語に政治性を期待することはどだい無理かも知れません。そういうわけで、平安文学に登場する貴族は皆、遊んでいるように見えるのです。

実際の貴族の生活

これについては、第4章でもお話ししたように、道長のライバル・藤原実資が、『小右記』という詳細な日記を、五十年分くらい残してくれているので、かなり正確に分かります。それによって彼のある一日の行動を復元してみると、何と、午前四時参内、午後十一時退出の、十九時間労働です。もっとも彼は、道長と日本を二分するくらいの実力者ですから、その分は割り引かなくてはならないとしても、皆さんが今まで想像していたよりも、遥(はる)かに忙しい生活をしていたことが分かるでしょう。これは、今でも日本にありがちな、根回しの宴会などというものが、夜にあったりもするからなのです。

貴族の年収

　さて、これだけ忙しい仕事をしていた平安貴族は、どのくらいの収入があったのかは、誰もが気になる問題だと思いますが、これがなかなか難しいのです。これも今の政治家に似ているかも知れませんが、江戸時代ぐらいまでは割と賄賂（わいろ）も大っぴらだったため、国家から貰（もら）う表（おもて）の収入の他に、裏の収入というものもあったからです。何しろ道長なんかは、家を一軒新築しようとした時（ということは、何軒も持っていたということです）、家来筋に当たる源頼光（よりみつ）（金太郎さんの主人で有名）が、一軒分の家具をポンと寄付したくらいで、平安時代はこんなことがまかり通っていました。この「裏金」というのは、今もそうですが、いくらくらいあるかさっぱり分かりませんので、ここでは表の収入に絞ります。

　しかしこれも難しいのは、のちの何万石の大名などという言い方でも分かるように、当時は給料を米や布といったもので貰っていましたので、その価値を、それを売ったと仮定して計算しなければなりません。ところが物価というものは、これまた今と同じように、大きく変動しますから、一体いつの物価を基準にすれば良いか難しいからです。しかし、平均と言うか、大体の計算はされていますので、次にそれを示しておきます。

年収五億？

これも今と同じで、地位によって年収は異なりますが、全てを網羅（もうら）するほどの紙幅も無いので、ここではトップの大臣について記し、あとは推して知るべしということにしておきます。幸い、おうふう社から出ている『講座　源氏物語研究』の第二巻、『源氏物語とその時代』の「政治と経済」の項に、日向一雅（ひなたかずまさ）によりこれまでの研究が簡単にまとめられており、それをさらに要約すると、少なく見積もって二億円、多く見積もれば四億円となります。もっともこれは給与収入のみで、年官年爵（ねんかんねんしゃく）の権利（ある人を従五位下（じゅごいげ）に任ずる代わりに、その人からお金をもらえる権利）と荘園からの収入が他にありますから、ざっと計算して五、六億といったところでしょうか。もちろん、貴族は体面を整えるために、いろいろと物入りですから、この全てを好きに使えるわけではありませんが、それでもかなりの収入とは言えるでしょう。

中級編

15.『源氏物語』って、なぜ巻に名前がついているの？

巻に名のある物語

第7章でもお話ししたように、『源氏物語』は五十四帖ありますが、その全てに、桐壺やら帚木やらといった名前が付いていています。専門家のように、『源氏物語』を教える立場になると、これが意外にややこしく、ある事件が起きたのは何の巻かは言えても、その巻が第何巻だったかは、若菜上巻とか橋姫巻とか、くぎりの良い巻以外はとっさに言えず、『源氏物語必携』に頼ったりします。そんな時、「ああ、源氏物語の巻名が数字だったらな」と思ったりするので標題にしたわけですが、実は専門家なら、巻に名のある物語の方が少ないということは知っています。平安時代の物語では、他に『宇津保物語』、『栄華物語』、『大鏡』、『今鏡』、『堤中納言物語（つつみちゅうなごんものがたり）』ぐらいしかありません。もっとも『大鏡』は巻名と言うよりストーリーの標題ですし、『堤中納言物語』は短編物語集で、一巻毎が別の物語ですから、「巻名」と言うには当たりません。また、『栄華物語』、『今鏡』は完全に『源氏物語』の模倣（もほう）です。とすると、『源氏物語』の他は二つで、その他は第何巻（もっとも古典では転倒して、「巻何」と言います）という形です。残っている物語は五つほどですから、これから見ても、実は巻名のある物語の方が珍しいというのは分かると思います。ですから、標題のような疑問が立てられるわけです。

『源氏物語』の巻名は最初からあったのか？

この問いに答えられる人は、はっきり言って誰もいません。何故なら、『源氏物語』の巻々に、初めから名前があったかどうかは分からないからです。もちろん最古の『源氏物語』の写本にも巻名はあります。しかし、教科書等で御存知のように、その記述を信じるなら、『源氏物語』の完成後わずか十年後ぐらいにそれを読んだ、おそらく最初の読者に近い菅原孝標女の『更級日記』には、「この源氏の物語、一の巻よりしてみな見せたまへ」、或いは「心も得ず心もとなく思ふ源氏を、一の巻よりして」と、「一の巻」という言葉が二回も出て来ます。つまりこれは、この頃の『源氏物語』の巻名は数字であったかも知れないという可能性を示すのです。もっともこれは「初めから」の意味で、実数ではないだろうという説が主流ですし、私も含めてほとんどの源氏学者は、次のような理由で、やはり巻名は最初からあっただろうと考えています。

『源氏物語』の巻名は誰が付けた？

先ほど「ほとんどの」とうっかり言ってしまいましたが、この「誰が」については、それほど一致しているわけではありません。ですからここは珍しく「私の説」と言っても良いのですが、一部はもちろん他の人も言っています。私が注目するのは巻名そのものです。

これについては既に江戸時代の注釈書等にも書かれていますが、巻名となったのは、その巻にある和歌や地の文の中にある言葉が大部分です。中には若紫・夢浮橋のように、物語のどこにもないものもありますが、そういうものはごくわずかです。今風に言えばこれはその巻のキーワードということになりますが、それが実に的確なのです。巻名は『源氏物語』を読んだ後世の読者が付けたという説もありますが、それにしては余りに的確すぎると私は思います。

或いは既に玉上琢彌が指摘しているように、「かの夕霧の御息所のおはせし山里よりは今少し入りて」（手習巻）や、「空蟬の尼衣にもさしのぞきたまへり」（初音巻）といった、本文中に、その巻より前に位置する巻名が書かれている例もあります。初音巻や手習巻が出来る前に、空蟬巻や夕霧巻といった名前がもし無ければ、こうした書き方は出来ないわけで、したがって私は、『源氏物語』が書かれた当時から既に巻の名前はあったと思っています。となれば当然、それを付けたのは物語の作者ということになるでしょう。私は『源氏物語』の作者が、『宇津保物語』のまねをして自分の物語の巻に名前を付けたのだと思っていますが、『宇津保物語』の作者が、なぜ自分の物語の巻に名前を付けたかまでは分かりません。

最後に学者らしく、自分の意見に不利なことまで述べておけば、昔は著作権等という概念がありませんでしたから、写本を書いた人が、傍線部を付け加えてしまった可能性はあります。どちらが正しいか判断するのは、結局あなた自身なのです。

16.『源氏物語』の主題は「もののあはれ」？

「もののあはれ」って何？

『枕草子』が「をかし」の文学であるに対して、『源氏物語』は「あはれ」の文学であるというのは、学生時代に多分習っていると思います。単純に使われている語数を数えてみても、『枕草子』は「あはれ」より「をかし」の方が多く、『源氏物語』は逆ですから、これは一応あっていると言えます。では、「をかし」と「あはれ」って、何でしょう?

両方とも「趣がある」と訳してごまかしたりもしていますが、語が違う以上、意味も違うはずです。これも学生時代に習ったかも知れませんが、現代語から類推していけば何となく分かります。「をかし」は「おかしい」、「あはれ」は「哀れ」として、現代語にも一応残っています。もちろん意味もそのままというわけにはいきませんが、「おかしい」は「笑える」から明るいイメージ、「哀れ」は「かわいそう」だから、どちらかと言うと暗いイメージというのは良いと思います。つまり「をかし」は「明るい美」、「あはれ」は「暗い美」というわけですが、それに「もの」が付いた「もののあはれ」は、「何となく暗い美」ということになります。なぜなら「もの」は、英語で言えばthing、つまり「(漠然とした)もの」だからです。これは別に冗談ではなく、古文は意外に英語に似ているのです。

宣長の説いた「もののあはれ」

これも学んだ人が多いでしょうが、『源氏物語』の主題を「もののあはれ」と言ったのは、江戸時代の学者・本居宣長です。彼によれば「あはれ」という語は、「あ」と「はれ」という二つの感動詞(現代人には信じがたいでしょうが、古典の時代の人は、驚いた時、「はれ〜」という声を発したので)から成り、何にせよ、感動的なもの・場面に遭遇した時、「ああ」とか、「はれ」とか嘆息するのが「あはれ」なのだそうです。「もの」はそれを漠然化する。つまり「もののあはれ」とは、「人の情」なのだそうで、すなわち『源氏物語』のテーマは「人の情」ということになるのです。

原稿用紙二千枚もある『源氏物語』を、一言でまとめるのは難しいのですが、私はこれは、あながち間違いではないような気がします。光源氏の母・桐壺更衣を死に追いやったのも、周り全てに反対されながらも、更衣を愛する気持ちを抑えられなかった桐壺帝の愛情ですし、物質的には恵まれて、幸せな一生を送れるはずだった光源氏が、晩年不幸を招いてしまうのも、結局彼が悟りきれなかったからです。また詳しくは次章で述べますが、『源氏物語』が最後に追求したテーマと思われる、人の幸福って何だろうも、結局心の持ちようのような気もします。こう考えてくると『源氏物語』は、最初から最後まで、人の心の問題を追及していると読めるからです。

自分で読む『源氏物語』

二百年近く前に既にこれに気がついた本居宣長は、やはり優れた学者と言えるでしょうし、彼の書いた『源氏物語』の注釈書『玉の小櫛（たまのおぐし）』は、現在でも参考文献の一つとして多くの学者に認められています。しかし先ほども述べたように、『源氏物語』の主題は、とても一言ではまとめ切れません。これも答えの一つとして踏まえながら、さらに自分なりの答えを探していく。これが「名作」『源氏物語』を読む読み方なのです。「名作」と呼ばれるものは全て、おそらくこうしたものでしょうから。

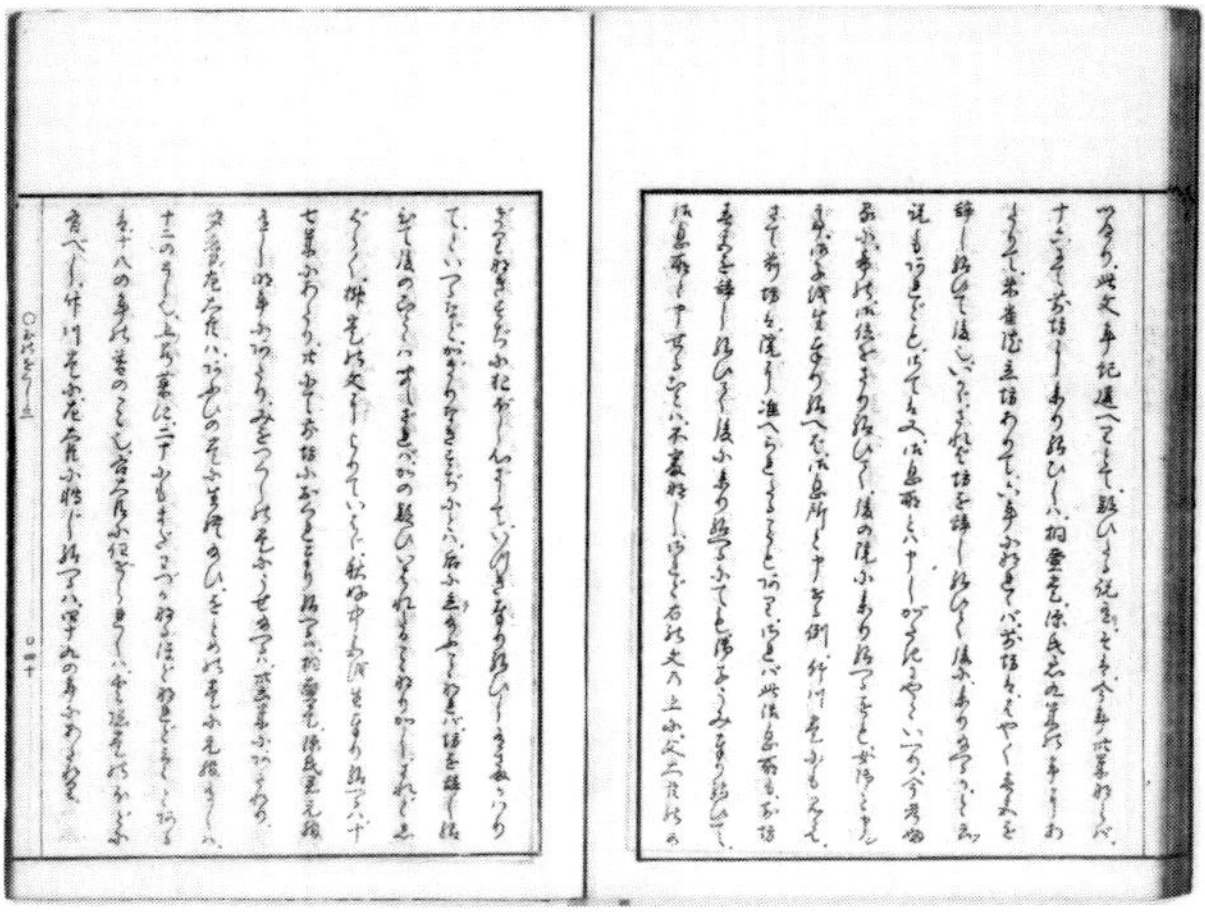

『源氏物語玉の小櫛』（国文学研究資料館所蔵）

17.『源氏物語』は最後、どうなって終わるの？

『源氏物語』の最後

『源氏物語』が「いづれの御時にか」で始まるのは、多くの方が知っているでしょうが、最後、どのようになって終わるのかを知っている方は、どのくらいいるでしょうか。『源氏物語』が世間でもてはやされる理由の一つは、ほとんどの人が最後まで読んだことがなく、いつかは読みたいと思っているからだと、皮肉でなく思います。「はじめに」に書いたようなエピソードを体験していますので、最後まで読んでいなくても少しも恥ずかしくないと私は思うのですが、専門家としては少し淋しくもあります。そこで、「ネタバレ」になって恐縮ですが、『源氏物語』がどうやって終わるのかぐらい知って置いて頂きたいと思います。

宇治十帖のあらすじ

既に第1章で、「愛と宗教の間で葛藤するうちに物語は終わります」と書いてしまっていますが、その辺りをもう少し詳しく述べてみましょう。光源氏は、最後に迎えた妻・女三の宮に密通され、我が子ならぬ子を育てる羽目になります。それが薫なのですが、光源氏亡き後の宇治十帖では何故か、その薫が主人公となります。薫は自分の出生に疑問を持っており、早く出家したいと願っていますが、光源氏の実子と信じる周囲の者は、それを許してくれません。そんな時、光源氏の弟で政争に敗れた八の宮が、宇治で、俗人でありながら聖のような生活をしていると聞き及んだ薫は、自分にもそれくらいは許されるかも知れないと、八の宮の弟子となって宇治へ通います。ところがそこに妙齢の姉妹・大君と中の君、後には浮舟が加わるので、健康な男子としては心が迷ってしまいます。薫は最初、長女の大君に惹かれるのですが、病弱な大君は途中で亡くなり、遂にはその面影を宿すと言われる末妹・浮舟に心惹かれていきます。けれどもその浮舟に薫の親友・匂宮が横恋慕をし、三角関係に悩んだ浮舟は入水自殺を図ってしまいます。しかし浮舟は間一髪、横川僧都という僧に助けられ、出家して仏に救いを求めます。が、結局は薫に見つかってしまい、その迎えを一旦は断るのですが、このまま断り続けることが出来るのだろうかというところで物語は終わります。

『源氏物語』の最終文

『源氏物語』の最終は、「いつしかと待ちおはするに、かくたどたどしくて帰り来たれば、すさまじく、なかなかなり、とおぼすことさまざまにて、人の隠しすゑたるにやあらむ、とわが御心の思ひよらぬ隈なく落としおきたまへりしならひに、とぞ本にはべめる」（＝（薫は浮舟の弟・小君が）早く（戻ってくれば良い）と待っていらっしゃると、このように、はっきりしない（＝浮舟かどうか確認が取れない）状態で帰って来たので、興ざめで、かえって（迎えなどやらなければ良かった）と、色々なことをお思いになり、（果ては）誰か男がかこっているのであろうかと、自分が散々やってきた体験に（照らし合わせて思うのであった）と、本には書かれているそうです）と終わります。「とぞ本にはべめる」というのは、物語におけるエンドマークですが、この一文で終えられては、何だか狐につままれたような気持ちになるのではないでしょうか。薫と浮舟の今後について、何も示されてはいないからです。

実際昔から、『源氏物語』は未完なのではないか」とか「紫式部が早死にしてしまったので、ここで終わってしまったのではないか」とかいう意見も出されてきました。しかし、第4章で述べたように、その後の研究で式部は、現代から見れば短命だけれども、当時とすればさほどでもない歳まで生きたことが明らかになってきましたので、今となってはこの説を採る人はほとんどいません。では何故、先に述べたような終わり方なのかという問いに戻ってしまうのですが、これに答えられる人はまだいません。ですから、ここに述べることは私見ですが、わざと答えを書いていないのだと思います。結論のみ書きますが、『源氏物語』は人の幸福という問題について、色々追及してきました。しかしそれは各自で考えるしかないのだというのが、この終わり方だと思います。そしてそれが、『源氏物語』が傑作である所以の一つなのではないでしょうか。

18. 光源氏の邸・六条院って、どのくらいの広さ？

六条院とは

六条院が光源氏の邸だというのは本章のタイトルからも分かるでしょうが、では何故「六条院」と呼ばれるのでしょうか？　理由は簡単で、京都の六条通に面したところにあったからです。では何故六条なのでしょうか？　物語に書かれているのは、六条御息所（みやすどころ）が死去する時、その娘・後の秋好（あきこのむ）中宮を源氏が養女にするにあたり、その邸の敷地（しきち）（六条御息所なのですから、もちろん六条です）を自分の邸の一部としたから（養育費代わり？）ということだけですが、当時の常識から言って、その辺りは地価が安いので、広大な邸を営むのに適切という理由もあったと思われます。

では広大とはどのくらいか。物語によれば六条院は四町あったとされています。この「町」は当時の広さの単位で、今で言うと大体四千五百坪とされています。これの四倍ですから、単純計算で一万八千坪。ただ、京都というのは条里制で、町と町の間には縦横に道路が通っています。「四町を占める」というのは、この道路も取り込んでいるらしい（そんなことが許されたのかどうか私にも良く分からないのですが、同じような構造を取る邸は実在します）ので、道路分を見込めばおよそ二万坪ということになりましょうか。もっとも、「二万坪」と言ってもピンとこないでしょうが、宮崎大学教育学部の附属学校が三つで大体そのくらいですから、学校三つ分と考えて頂けると、何とか想像がつくのではないでしょうか。

これだけの土地を買い占めるのは、当時の貴族にとっても大変ですから、勢い、六条辺りの地価が安いところが浮かび上がってくるわけです。

なぜ六条辺りは地価が安いのか

「地価」などと言うと、「いきなり世俗的な話になった」と思われる方もいるかもしれませんが、光源氏は須磨に退去するに当たって、その当時住んでいた二条院の地券(ちけん)等を紫上に譲っていったという記述もありますから、『源氏物語』は意外に経済的なこともしっかり考えられている物語なのです。ではなぜ六条辺りの地価が安いのか。それは前に述べた貴族の仕事と関係があります。

貴族というのはつまるところ公務員ですから、役所に当たる宮中に、毎日通わねばなりません。宮中はどこにあったかと言うと一条ですから、一条に近いほど通勤に便利で地価が高いというのは、実は今と同じです。現に実在の大臣の邸も、大体二条三条辺りにあるものですし、『源氏物語』の大臣の邸も同じです。逆に言うと二条三条はもう、そうした上級役人の邸がかなり建て込んでいますので、いかな光源氏と雖も、それを押しのけて広大な土地を買い占めるというわけには行きません。

逆に言うと、一条から遠くなればなるほど地価は安いので、値段だけ言えば、九条辺りの方がもっと安上がりということになりますが、五条を過ぎるともう庶民も相当住んでいたことは『源氏物語』にも書かれていますから、光源氏があまり場末に住むのもイメージ的に良くありません。ですから「六条」というのは、当時としては広大な邸を営むには極めてリアリティがあった場所なのです。

六条にある他の理由

実は光源氏の邸が六条というのは他にも理由があったと思われています。それは、光源氏のモデルの一人と思われる源融の邸・河原院も六条にあったからで、専門家はこの河原院が、六条院のモデルと考えています。何故なら河原院もやはり四町あったからです。

また、この頃光源氏は太政大臣という官職に就いていましたが、天皇の模範になるのが太政大臣の唯一の職務で、毎日宮中に通う必要は無いのです。つまり、他の貴族と違い、「通勤しなくても良い」というのが、こんな所に住めたもう一つの理由で、その証拠に、彼も通勤の必要がある官職に就いていた時は、先ほど述べた二条院（これは、母・桐壺更衣の遺産で、更衣の父も、やはり通勤する必要のある大納言でした）や、そのすぐ隣にあったらしい二条東院に住んでおり、やはり通勤に便利な二条に住んでいました。ということで、次は光源氏の職についてお話ししなければなりません。

19. 光源氏の仕事は何？

青年時代

光源氏は天皇の息子で才能もありますから、とんとん拍子に出世していきますので、とても一言では語れません。年齢順にお話ししていくことにしましょう。

最初に就いた官職は近衛（このえ）中将ですが、何歳の時だったかは分かりません。その部分は物語に描かれてないのです。十七歳の時にはもうなっていたとあります。近衛というのは帝の最も近くを衛る（だから近衛）軍隊で、中将というのは二番目に偉い人です。もっとも平安時代は文字どおり「平安」で、四百年間戦争はありませんから、軍隊というのは名ばかりで、トップの大将は、文官である大臣が普通兼任します（もっとも、現代でも防衛省のトップは大臣ですが）。ですから、光源氏のような優男（やさおとこ）でも、無事に中将が務まるというわけで、現実にも将来大臣に出世する人の足がかりの官職です。長い話になりますからここでは説明できませんが、中将というのは普通四位なのですが、光源氏は十八歳で出世して三位（さんみの）中将となり、翌年また出世して宰相（さいしょう）を兼任し、宰相中将となります。「宰相」というのは今と違って「参議（さんぎ）」という職の別名なのですが、その名の通り、今で言う閣議に参加できます。つまり、光源氏は十九歳にして閣僚となったのです。

壮年時代

二十一歳の時さらに出世して、大臣ではない、つまり兼任でない大将となります。先ほども言いましたように大将は近衛のトップなのですが、戦争のない平安時代ではこれはつまり「大臣」と同じ扱いということになります。その後、天皇の代替わりがあり、光源氏を良く思わない弘徽殿（こきでん）一派の擁（よう）する朱雀帝の御代となったため、四年間彼の官職は据え置きとなり、二十六歳の時には己の失敗もあって須磨に下ることとなったため、官職は取り上げられました。二十八歳の時、許されて都に帰った時は、適当な空きポストがなかったらしく、権（ごん）（＝定員外の）大納言となりました。大納言というのは大臣のすぐ下ですから、今で言うと副大臣といったところでしょうか。翌年二月に、当時ある四つの大臣ポストの中では一番下の、内大臣になりました。

ただこの内大臣というのは難しいポストで、いわゆる律令制にはない職のため、形の上では一番下の大臣ということになっていますが、最初の内大臣が藤原鎌足(かまたり)であったことに示されているように、特別な功績があり、天皇に寵愛(ちょうあい)されている人が特に任じられるという性格のため、実際には左右大臣と同じか、それ以上の権力を有します。光源氏も三十三歳の時、左右大臣を経ずに太政大臣に昇格していますし、親友である頭中将も、やはり同じコースを辿っています。

最初の太政大臣が、既に後継者を決めてしまっていて、息子といえども皇太子に出来なかった天智天皇が任じた大友皇子であることに示されているように、太政大臣というのはほとんど天皇と同じであり、だから天皇の模範となることが唯一の職務なのです。つまり光源氏は三十三歳にして、位人臣(くらいじんしん)を極めたというわけです。

准太上天皇

普通の人なら太政大臣で終わりなのですが、さすがに物語の主人公だけあって、光源氏はさらに一階級上がります。但しそれはもう「官職」ではありませんので、節を分けてみました。それは三十九歳のとき任じられた准太上天皇で、これより上はもう天皇しかありませんから、光源氏は生涯この地位に留まります。ただこの「准太上天皇」というのは良く分からないもので、未だに研究者の間でも議論があります。太上天皇というのはつまり上皇のことで、上皇は一度天皇位につき、退位した者しかなれませんから、天皇にならなかった光源氏は准太上天皇というのは一応分かっているのですが、この准太上天皇というのは史上に二人しかいません。そのうちの一人は女性で、もう一人は『源氏物語』より後の人なので、それを物語に当てはめて良いかの判断がつかないのです。

カッコ良くごまかせば、『源氏物語』の作者は、後の時代を予見した凄い人ということになるでしょう。

20. 平安時代のラブレターって、どうして和歌なの？

ラブレターの作法

皆さんも御存知のように、平安時代のラブレターは、必ず和歌で書かれています。但し正確には、まず散文で自分の気持ちを綿々と書いて、最後に、その文章と同じ意味を持つ和歌を書きつけて締めるのですが、物語等では散文部分はさして面白くならないので、和歌だけが書かれている場合が多いのです。これは一応、当時の現実を反映しています。それは日記の類もみな同じなので分かります。実は貴族といえども和歌が苦手な人はいたのですが、ではどうしてみんな和歌を書かなければならないのでしょう？　これは当時の「信仰」と関係しているからですが、それが最も分かり易い形で表れているのは、『古今和歌集』の仮名序です。

『古今和歌集』の序

最初に勉強めいたことを書いておけば、『古今和歌集』には「序」が二つあります。一つは本の最初に書かれ、もう一つは最後に書かれていますから、それは今で言えば「後書き」なんじゃないのという気もしますが、書いてある内容はほぼ同じです。ではなぜ同じものが二つあるかと言うと、片方（＝前にある序）は平仮名がメインで、時々漢字が混じっている、言ってみれば普通の日本語で書かれているのに対して、もう片方は漢字漢文で書かれているからです。つまり全く同じなのではないということです。平仮名のことを古文では単に「仮名」、漢字のことは「真名」と呼びますから、それぞれ「仮名序」「真名序」と呼び表しています。ではなぜ二つの文体で書いたのかという謎は最後に残りますが、これについては良く分かりません。『古今和歌集』の撰者の一人でもあり、仮名序も書いた紀貫之（きのつらゆき）は、漢文が苦手だったから他の人に真名序を書いて貰ったんだという人もいますが、成立は真名序が先のようなので、こういう説にもにわかには従えません。ここではその理由は関係ありませんので、書いてある内容に進むことにします。

仮名序に書いてあること

最近は中学校の教科書にも載っているようですから、御存知の方も多いかも知れませんが、仮名序は「やまとうた（＝和歌）は人の心を種として」から始まり、和歌の効用へと進んでいきます。その中に、「力をも入れずして天地を動かし、目に見えぬ鬼神（＝妖怪みたいなもの）をもあはれと思はせ、男女の仲をも和らげ（＝仲良くさせ）、猛き（＝どう猛な）武士の心をも慰むるは歌なり」という一節があり、それがつまり答えです。「ペンは剣よりも強し」ではないですけど、和歌は力を使わずに天地をも動かすことが出来、人の心を動かすことが出来るのも、唯一歌だけだということで、ラブレターというのは恋人の心を動かさねばならないものですから、それで和歌ということになるわけです。

でもこれって結局紀貫之が勝手に書いたことでしょ、と思われる方がいるかもしれませんが、決して「勝手」というわけでもありません。何故なら、神が用いる言葉は和歌だという考え方は他にもあるからです。

神が詠んだ和歌

神に祈りを捧げる時に和歌を用いる例は結構あるのですが、これだと、先ほどの貫之の例と同じく、「人間の勝手な思い込み」という解釈が成り立ちそうですから、ここでは神が詠んだ和歌というのを紹介しましょう。平安の最末期頃成立したと推定される、『古本(こほん)説話集』という説話集に、「帥宮(そちのみや)、和泉式部に通ひ給ふ事」という話が収められています。タイトル通り、帥宮＝冷泉天皇第四皇子・敦道(あつみち)親王が、和泉式部のもとに通った話がメインなのですが、問題の歌はその最末尾、敦道親王に先立たれ、藤原保昌(やすまさ)と結婚した和泉式部が、その保昌にも棄てられた時、京都にある貴船(きぶね)神社に参り、素晴らしい和歌を詠んだところ、どこからともなく男の声で、「奥山にたぎりて落つる滝つ瀬に玉散るばかり物な思ひそ」（要するに「そんなに深く思い悩むな」という意）との和歌が聞こえてきたとあります。それが貴船明神の返歌だとされています。もちろん本当かどうかは分かりませんが、少なくとも当時の人は、そう信じていたというのが分かるのです。

21.『源氏物語』に出てくる女性で、一番幸せなのは誰？

『源氏物語』に登場する女性たち

誰も数えたことがないので正確には分からないのですが、前に記したように、『源氏物語』には約四百五十人ほどの人物が登場しますから、単純にその二分の一だとすると、約二百人強の女性が登場することになります。もっとも、一場面だけの登場では、幸せであったかどうかは分かりませんから、この問いの考察対象となるのは、どうしても光源氏・薫等を取り巻く女性たちということになります。最も簡便な『源氏物語必携』の「源氏物語人物総覧」で数えると、約五十人ということになりましょうか。極論するとこれらの女性たちは、全て幸福でなかったような気がします。代表的な例を見てみましょう。

紫上（むらさきのうえ）

源氏の最愛の女性というとこの人ですが、彼女は親に認められた正式な結婚ではなかったので、若いうちは随分それで苦しみます。端的な例は、源氏が従姉妹で幼なじみでもあった朝顔に接近した時です。何故なら彼女は式部卿宮の娘で、兵部卿宮の娘である紫上とは同じくらいの地位だからです。その時、紫上は、「身分はほぼ同じだが、世間が公認しているか否かで、自分は負けるかも知れない」と心配しています。朝顔が靡かなかったため、これは杞憂に終わりますが、安心したのも束の間、今度は明らかに身分が上で、親も認めている女三の宮が源氏の正妻となり、源氏を信じていたのに裏切られた彼女は、源氏自身も感じているように、晩年源氏と心の距離を置くようになります。『あさきゆめみし』では、死の直前の、いわゆる走馬燈を見ている時、生まれ変わってもやはり自分は源氏の妻になるだろうみたいなことが描かれてますが、残念ながら原作にはありませんので、心の距離が解消されたかどうかは分かりません。したがって、あまり幸せとは言えないように思います。

玉鬘

現代の人はあまり知らないでしょうが、原作では、女人はこの人を手本とすべきだとまで言われた賢い人なのですが、御存知の方は御存知のように、髭黒(ひげくろ)大将に横恋慕されて好きな人とは結ばれませんし、これまた『あさきゆめみし』には、髭黒の家で初めて自分の居場所を見つけたみたいなことが描かれていますが、やはり原作にはありません。若菜上巻では、堂々たる大将夫人の貫禄(かんろく)を示していますから、実際は幸せであったのかも知れませんが、何かというと髭黒は光源氏に対抗心を燃やし、義理の娘である玉鬘にいつまでも近づいてくる光源氏に対して、けっこう嫌みなこともしていますから、玉鬘は板挟みになって苦しんでいるとも思われます。したがって、これもあまり幸せには見えません。

雲居雁(くもいのかり)等

小さい頃は、仲を裂かれて苦しんだかも知れませんが、結局は初恋の人・夕霧と結ばれた雲居雁は、幸せな人の候補としては良いところに行ってるのですが、真面目人間と称えられた夕霧も、落葉宮(おちばのみや)と知り合った後は、そちらにも夢中になり、雲居雁は実家に帰ります。その後なんとか家には戻ったようですが、それ以後の関係には微妙なものがあります。また、明石尼君のように、世間の人から「幸ひ人」と言われている人も何人かいるのですが、その代わり明石尼君は、愛する夫と別れねばならなかったというように、それらの人も皆何らかの苦しみを背負ってますから、単純に幸せとは言いづらいのです。

幸せの定義

このように見てくると、結局『源氏物語』では幸せになった女性は誰もいないという結論が良く分かったと思いますが、「幸せ」の定義も色々で、他人が見れば絶対幸せには見えないのに、当人は幸せと思っている例もかなりあります。そういう意味では、光源氏に冷遇されても、別にそのようなことは気にしない末摘花（すえつむはな）や花散里（はなちるさと）、或いは、子供という楽しみを見つけた明石御方（あかしのおんかた）などは、ひょっとすると幸せだったのかなと、思ってみたりもするのです。皆さんもご自分の幸せの定義で、それに適（かな）う女性を探してみて下さい。

22.『あさきゆめみし』って、どのくらい合っているの？

『あさきゆめみし』

少し前なら誰でも知っていたのですが、連載が終わってからもう二十年以上になりますから、今では知らない人が多いかもしれません。でもまだ本屋さんに行けば並んでいるはずです。『あさきゆめみし』は、『はいからさんが通る』を代表作とする大和和紀（やまとわき）というマンガ家が描いた、『源氏物語』のマンガです。「少し前なら誰でも知っていた」と言うからには、それだけ評判が良かったわけで、前述のように、これを読めば『源氏物語』の受験問題は解けるということで、大手予備校には全て備えてあったという噂を聞きます。そのことからも、これが「かなり原作に忠実」というのは察しがつくと思いますが、私は二度ほどその分析をしたことがあるので、せっかくですから、どこがどのくらい合っているのか、お話ししてみましょう。

『源氏物語』のマンガ

古典作品は実は今と世界がかなり近い（最近『とりかへばや』をマンガ化した、さいとうちほの言葉を借りれば、「「女装男子」はいるわ、「男の娘」はいるわ」）ので、マンガ化された古典作品というのは結構あるのですが、その中でも『源氏物語』はダントツで、これも前述しましたように、今では三十を越えているのではないかと思います。ですが、そこでも書きましたけれども、学習書を出版している出版社が出している学習マンガ以外では、原作の最後まで行ったものは、『あさきゆめみし』を除けばほぼ無い。しかも、学習マンガはほとんど教科書みたいなものですから、楽しく筋がたどれると言えば、『あさきゆめみし』をおいて他には無いと言っても過言ではありません。それが『あさきゆめみし』の第一の長所です。

『あさきゆめみし』の欠点

そうは言っても、『あさきゆめみし』にももちろん欠点はあります。その第一は、読んだ人は皆思いますが、登場人物の見分けがつかないこと。これについては大和和紀自身の面白いコメントがあって、登場する時にみんな名前を呼ばせたとあります。確かにそうしないと見分けられないほどで、『あさきゆめみし』が読めないという人は、大体ここでつまずいているようです。ただ弁護しておけば、第11章で説明したように、『源氏物語』はもともと、誰かと誰かが似ているという設定で、話がどんどん長編化していく（学術用語でこれを「形代（かたしろ）の法則」と言います）という性質を持つ物語なので、あながちこれが欠点とも言えないのです。まあこれは多分「ケガの功名」というやつで、大和和紀が意識してやったわけではないでしょうが、それも含めて、『あさきゆめみし』は原作と似ているとは言えるわけです。

欠点第二

これは「欠点」と呼ぶのは適当ではないかもしれませんが、『あさきゆめみし』にも原作に無い部分はあります。だから『あさきゆめみし』だけ読んで、原作もこうだと思われては困るのですが、これはまあ、谷崎潤一郎訳を除いて、ほぼ全ての『源氏物語』の現代語訳にも存在します。むしろそれが各現代語訳の魅力とも言うべき部分で、原作には無い部分をどう料理するかが訳者の腕の見せ所なのです。だからこそ何回も訳される理由が生じてくるので、一概に否定することは出来ないとすると、『あさきゆめみし』についても同様のことが言える理屈になります。また、『あさきゆめみし』については、そうそうたる源氏学者が揃（そろ）って研究しているので、皆同じことを言いますが、確かに原作には無いのだけれども、描かれている部分から類推していくと、あり得ないとは言い切れない描き方がなされている。言葉を換えて言えば、「決して間違ってはいない」のです。

これらを総合すれば、やはり『あさきゆめみし』は優れた作品であり、『源氏物語』の入門書としては適格であると評価できるでしょう。

23.『源氏物語』の現代語訳って、何故たくさんあるの？　どれが良いの？

現代語訳の多いわけ

　皆さんには信じられないことかも知れませんけど、実は『源氏物語』の中には、未だにうまく訳せない部分も残っています。分からない言葉は辞書を調べれば良いのではないかと思う方もいらっしゃるかも知れません。しかし、辞書はどのように作られるか考えたことがありますか。最初の辞書は、その前のものがありませんので、全て作品中から用例を探し、多分こんな意味ではないかと推測して作るのですが、となれば、一例しか用例がない言葉は推測しようがないことは、容易に想像できると思います。実は『源氏物語』の中にもそういう言葉は幾つかあり、そこは前後の文脈から推測しなければなりませんから、人によって判断が異なるのです。それに、前章でも既に触れたように、訳者による個性というものもあります。

訳者による個性とはどのようなものか

これはそれこそ多様で、最初に全訳をした与謝野晶子や二番目の谷崎潤一郎のように、同じ人が何度も訳し直した例もあります。理由は様々ありますが、大雑把に言ってしまえば、自分の前の訳では不完全に感じられ、不満を持ったからと、まとめることが出来ると思います。訳者も時代も、日々成長しているのです。

また、極端な話、訳者のお気に入りの人物が違うということもあります。前に述べたとおり、『源氏物語』の登場人物は四百五十人くらいいるのですが、皆それぞれ個性的であるため、読者はどうしてもお気に入りの人物が出来てしまいます。今もあるかどうかは分かりませんが、源氏物語千年紀の頃は、『源氏物語』中の誰が好きかで、その人の性格を占う、「源氏占い」というものが、ネット上にあったほどです。中でも円地文子の藤壺好きは有名で、お陰で円地訳の藤壺登場箇所のある部分には、原作にない描写までありますが、それも「誤訳」というには当たらないという評価です。こうした理由で、『源氏物語』の現代語訳はたくさん生まれてしまうのです。

例えば

何処でも構わないのですが、『源氏物語』の現代語訳を二つ以上比較すれば、ここで言っていることは良く分かると思います。例えば、『源氏物語』の第四十五巻目に橋姫巻というのがあり、そこで続篇のヒロイン二人が、薫に垣間見られて恥ずかしく思ったという、原文で言うと、「あやしく、かうばしく匂ふ風の吹きつるを、思ひかけぬほどなれば、驚かざりける心おそさよ、と心もまどひて恥ぢおはさうず」という部分を、最も古い与謝野訳では「よい香の混じった風の吹き通ったことも確かな事実であったが、思いがけぬ時刻であったために、薫中将の来訪と気がつかなかったのは、何たる神経の鈍いことであったろうと二女王は羞恥に堪えられなく思うのであった」、最も新しい部類の大塚ひかり訳は「『妙に香ばしく匂う風が吹いていたのに、まさか人がいらっしゃるとは思いもよらない折だったから。気づかないとはうかつだったわ』と、動揺して、恥ずかしがっています」と訳しています。比較すれば明らかなように、主語を明示する、しないから始まり、来た人を薫と特定するか、一般的な人にするか、この部分を心の中の言葉と取るか、会話文と取るか（原文もどちらでも取れる）等が違っていることが分かるでしょう。特に与謝野訳では、天皇の孫娘（現皇室典範（こうしつてんぱん）ではひ孫）を指す「女王（にょおう）」という言葉があるのも特徴で、今の人ならほぼ間違いなくこれを「女王（じょおう）」と読み、違う意味に取ってしまうでしょう。それゆえ時代が進めば、新しい語彙を用いた新しい訳が必要となってくるのです。

どの訳が良いか

結論を言えば、どの訳も間違いということはないので、自分と好みの合いそうな訳者の訳した訳を読むのが一番なのですが、そんなことまでは良く分からないという場合は、現代語に最も近い、新しい訳が良いと言えるでしょう。ただ、少し古い文体でも大丈夫という方には、一番正確な訳といわれている、谷崎潤一郎訳をお薦めします。

上級編

24.『偐紫田舎源氏』って、原作とどのくらい似てるの？

『偐紫田舎源氏（にせむらさきいなかげんじ）』

ここからは上級編ということで、少し専門的な話をしてみましょう。あまり興味がないところは跳ばして頂いても構いません。皆さんは『偐紫田舎源氏』という本を御存知でしょうか。江戸末期、天保年間（一八三〇〜四四年）の頃、柳亭種彦（りゅうていたねひこ）という作家によって書かれた、合巻（ごうかん）という形式の、今で言う小説です。因みに合巻とは、これも江戸後期に誕生したもので、五丁（ちょう）（二丁は古典の本における頁の単位で、今で言う二頁のこと。昔は奇数頁と偶数頁の見開きで印刷したので、二頁が一単位）一冊の草双紙（くさぞうし）（絵物語。今で言うマンガに近い）を何冊か合わせて一冊とし、長編物語を書けるようにした形式のことだそうです（私は江戸専門ではありませんので）。

合巻の中でも『偐紫田舎源氏』は飛び抜けて有名です。題名からも窺えるように、それは『源氏物語』を室町時代（足利氏も源氏の一族ですから）に置き換えてパロディ化したもので、『源氏物語』を知っている者には、掛け値無しに面白いからです。

『田舎源氏』の構造

「修紫」というのは、ニセの紫式部のことらしく、『田舎源氏』初編の序では、「日本橋近き式部小路といふ所に」「阿藤（おふじ）」という女性が住んでいて、近所の人はあだ名して「紫式部」と呼んでいた。その女性がかねがね『源氏物語』に似た双紙を作ろうと思っており、遂にできたのがこの双紙であると設定されています。つまりそれが「修紫」というわけです。もっともこれは掛詞にもなっていて、

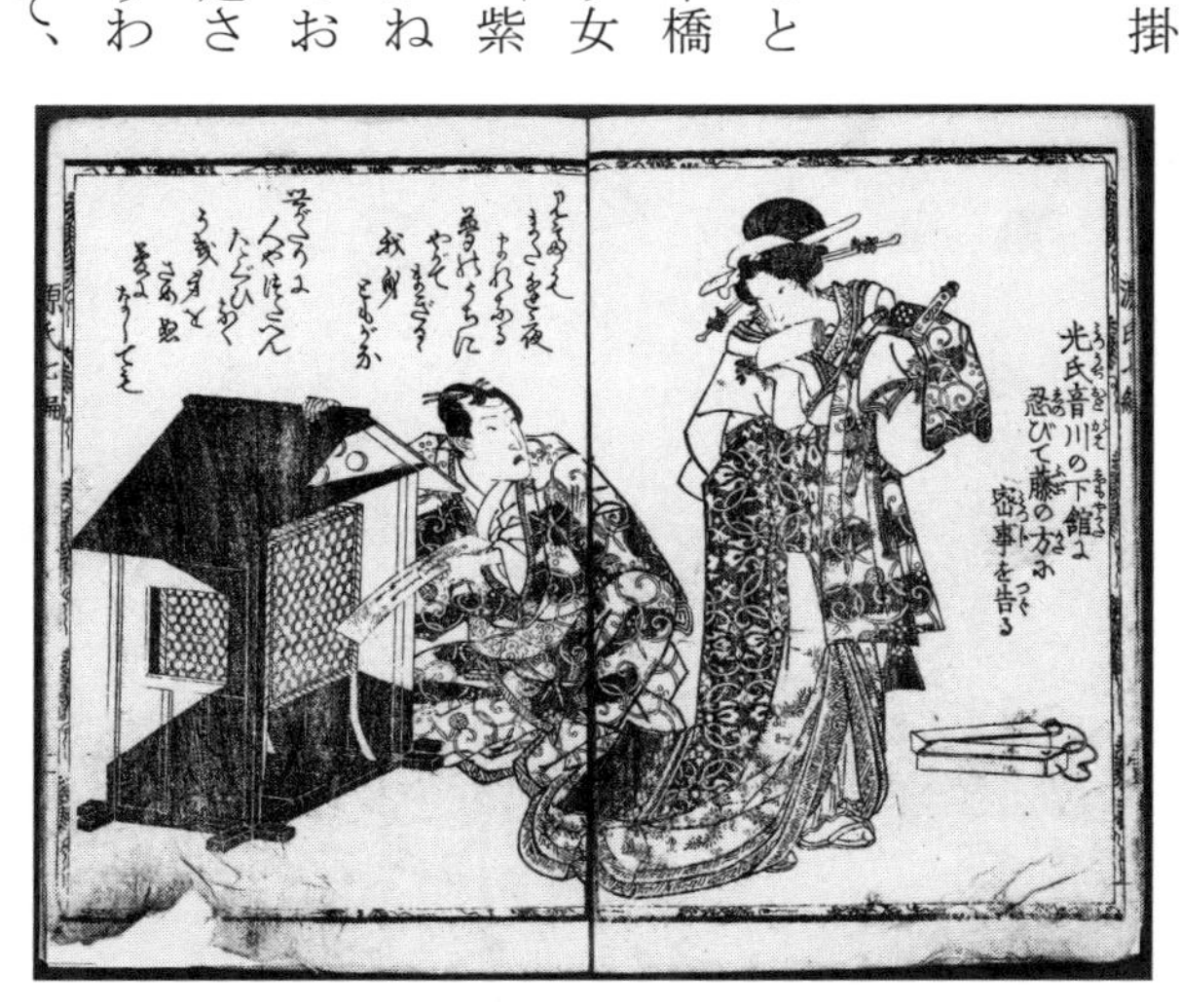

『修紫田舎源氏』（早稲田大学図書館所蔵）

江戸の庶民に好まれた「似せ紫」という色のことでもあるようですが、説明すると長くなるので、そちらの方は割愛します。

と言うわけでこの作品は最初から『源氏物語』に似せる気満々で、例えば二編の序には、この双紙の足利光氏は光源氏に当たり、また五編の序には、光氏の曾祖父・足利義教は、『源氏物語』に出てくる一院と先帝の二役を兼ね、義教の孫娘、すなわち光氏の従姉妹に当たる稲舟という女性は末摘花、六条三筋町の遊女・阿古木は六条御息所、義教の妹の娘・猪名野谷（後の藤の方）は藤壺というように、誰が誰に相当するかということを事細かに説明しています。つまり『田舎源氏』は、『源氏物語』を足利幕府のお家騒動にするという根本的な変換を許容すれば、概ね似ているのですが、もちろん違うところもあります。

『源氏物語』との相違点

『源氏物語』に詳しい人なら、先ほどの人物説明を、「あれ？」と思われたでしょうが、末摘花は別に光源氏の従姉妹ではありませんし、藤壺については色々な説があって難しいのですが、少なくとも桐壺帝の従姉妹とは書かれていません。つまり『田舎源氏』は、該当する人物はどうにかいるけれども、その関係性は『源氏物語』と必ずしも同じではないというわけです。他にも、江戸時代の作品らしく、光氏が剣の達人であったり、やたら自害と、その前の懺悔という、歌舞伎に良くある手法が使われていたりと、数えあげていけば相違点は切りがないのですが、多分そのようなことをするのは不毛だと思います。と言うのは、最初に申し上げたようにこれは『源氏物語』のパロディなのであり、パロディというのは、必ずしも元ネタと完全に同じである必要はないのです。むしろ、ある所は似ているけれども、ある所は原作から大胆に離れていく、それこそがパロディの醍醐味なのであって、そういう意味では『修紫田舎源氏』は、『源氏物語』に詳しければ詳しいほど、かなり面白い作品ということができると思います。御存知の方も多いでしょうが、『修紫田舎源氏』は、天保の改革の出版取締令に引っかかってしまい、遂に未完に終わりました。大変残念なことと言えるでしょう。

25. 在原業平が光源氏のモデルってホント?

問題のありか

光源氏のモデルについては、すでに第10章や第12章で述べたのですが、ここでは少し高度に、「文学的問題」として、モデルを考えてみましょう。言うまでもなく在原業平は、『源氏物語』より少し前に書かれた『伊勢物語』の主人公ですが、光源氏と違い、実在しています。これも言うまでもないことですが、『伊勢物語』は歌物語で、歌物語は同じ物語でも『竹取物語』や『源氏物語』のような作り物語と違って、中心的に語られる人はほぼ実在しています。ただ、在原業平と光源氏には共通点も多くあります。第一はともに賜姓されていること。「賜姓」については、第2章で説明しましたが、つまりは二人とも天皇家の出で、今でも天皇家には姓がありませんから、もともと二人にも姓は無かったのですが、光源氏は父・桐壺帝の高度な政治的判断で、在原業平もこれまた、祖父・平城天皇の起こした「薬子(くすこ)の変(または乱)」が発端で、父・阿保(あぼ)親王の高度な政治的判断により、在原の姓を賜ったと思われるのです。歴史に「もしも」は禁物とは言われますが、もしもこの時、業平が源姓を賜ったなら、光源氏とほとんど同じということになります。これが業平が光源氏のモデルと言われる第一の理由です。

『伊勢物語』との重ね合わせ

皆さんは『源氏物語』の第五巻・若紫は良く知っていると思います。なぜなら、たいていの高校の古文の教科書に載っているからで、ほとんどの人はこれを学んだと思うからです。女の子が元気に走ってくるだけの、簡単そうに見えるあの巻は、実は意外に奥深いものを含んでいるのです。

ここでは巻名のみにしか触れられませんが、第15章でも説明したように、たいていの巻は、その中にキーワードとして巻名となる単語を含んでいます。しかし「若紫」という語は、その巻はおろか、『源氏物語』全体にも存在しません。もっとも、こういう例は他に夢浮橋巻などもあるにはあるのですが、他の作品のどこにも存在しない「夢浮橋」と違って（正確には藤原定家の和歌の中に出てくるのですが、それは『源氏物語』より後のものです。したがって、『源氏物語』が影響を受けたということはあり得ません）、「若紫」は意外なところに出て来ます。それが、在原業平が主人公と言われる『伊勢物語』の中なのです。

『伊勢物語』初段

皆さんは、『伊勢物語』の最初の段を御存知でしょうか。業平と思われる主人公が、平安時代にはすっかり荒れてしまった平城京で、思いがけない美人姉妹に出会い、「春日野（かすがの）の若紫のすりごろもしのぶの乱れかぎり知られず」（＝春日野の若い紫草のように美しいあなた方にお逢（あ）いして、私の心は、この紫の信夫摺（しのぶずり）の模様さながら、かぎりなく乱れ乱れております。現代語訳は小学館の新編日本古典文学全集による）という歌を詠むというお話なのですが、ここに、『源氏物語』以前でほとんど唯一の、「若紫」という語が存在します。正確には『宇津保物語』にも一例あるのですが、これから述べる「場面」のつながりがありません。

では『伊勢物語』はどうつながるのかと言うと、平城京は平安京から見て南に位置するのに対し、光源氏が若紫を垣間見たのは京都の北山であるという対照性と、『伊勢物語』に「姉妹」とあるのがポイントで、女の人が二人、つまり、光源氏が見たのは若紫だけではなく、その祖母も一緒であったというのは、このパロディなのではないかということなのです。

このように考えると、業平が光源氏のモデルというのは、単に人物の類似というだけでなく、物語同士のつながりという視点が持てますので、少し上級になるかと判断し、ここに別個に取り上げた次第です。

『源氏物語』と『伊勢物語』のつながりは、他にもたくさんありますので、皆さんも探してみてください。

26.『源氏物語』の映画は幾つくらいあるの？

転生し続ける『源氏物語』

知る人にしか知られていないかもしれませんが、『源氏物語』の映画は、割とたくさんあります。『忠臣蔵』のような特殊な例を除けば、古典作品としてはこれは異例な方ではないでしょうか。例えば同じ平安時代の作品では、二〇一三年に高畑勲がアニメ化した『竹取物語』が、おそらく『源氏物語』の次に映画化された数が多いと思いますが、OVA（オリジナル・ビデオ・アニメーション＝映画化・テレビ化などされず、いきなりビデオ・アニメーションになった作品をこう呼びます。最近はビデオでなく、DVDやブルーレイディスクが主流になったので、だんだん意味不明の語になりつつありますが）等を除けば、後は一九八七年に市川崑（いちかわこん）が映画化した一本のみ。つまり合わせて二本です。一方『源氏物語』は、現在でも増え続けているので、いつを基準にするかで違いますが、この本の執筆年（二〇一五年）を基準にすれば、「映画」に限定して八つです。持って回った言い方をしたのは、他にテレビドラマなどにもなっているからで、全部合わせれば十本ほどになるでしょうか。先ほどの『竹取物語』と比べれば、飛び抜けて多いことが分かるでしょう。

何故こんなに多いのか

もちろん理由ははっきりしませんが、一つには光源氏が絶世の美男と設定されていることで、実際にその顔を見てみたいと思う人は多いでしょう。でも、それならば絶世の美女かぐや姫が主人公である『竹取物語』も同じ理屈ですから、多分その他の設定も関係しているのでしょう。『竹取物語』の主要登場人物は、かぐや姫の他、翁、嫗、帝、五人の求婚者ぐらいで、御覧の通り十人ぐらいしかいませんが、『源氏物語』ともなれば、主要登場人物だけでも百人近くになり、しかもそれが全員美男美女という設定ですから、映像的に華やかになることは請け合いなのです。

その証拠に、代々光源氏は、長谷川一夫（二本目の映画で薫も演じる）、市川雷蔵、花ノ本寿、風間杜夫（但しアニメーションなので声だけ）、愛華みれ、天海祐希、生田斗真と、宝塚が絡(から)んでくる関係で、二人ほど女性が混じっているのを除けば、全員その当時「美男」とされた俳優ばかりです。女性がいるのは、光源氏は女性と見まがうほど美しいという設定となっているからで、男装の麗人オスカルが活躍する『ベルサイユのばら』と並び、まさに宝塚歌劇にふさわしい話であるからです。確認できるところでは一九五二年に春日野(かすがの)八千代(やちよ)が最初の光源氏役を宝塚で演じて以来、現在に至るまで十四回も上演され、愛華みれ主演のものは、その映画化なのです。だから個人的には女性であっても良いと思われ、そうなると天海祐希はなかなか棄てがたいのですが、男優ならば、生田斗真はいくぶん男っぽすぎるので、大体の人の意見（例えば瀬戸内寂聴さん）と同じく、長谷川一夫が一番光源氏らしいのではないでしょうか。

どの映画が一番面白いか

どれも一長一短がありますから、自分の好むところにしたがってみれば良いと思いますが、専門家として若干意見を言わせていただけば、先ず映画というのは、上映時間が大体二時間と決まっています。原稿用紙二千枚に及ぶ『源氏物語』を、二時間に縮めること自体が至難の業で、当然宇治十帖までは入りません。ですから、日本で二番目の『源氏物語』の映画は、宇治十帖だけを独立させたものだったのですが、やはり途中から『源氏物語』の世界に入るのは、人物関係が厄介すぎて難しいのか、これしか映画化されていません。したがって、残りの映画は、光源氏だけを描くものなのですが、光源氏の生涯でさえ、大体五十年ありますので、これも二時間に縮めるのは難しい。それ故すべての映画は、光源氏が須磨へ旅立つところまでで切っているか、間を跳ばしながらでも、何とか光源氏の生涯の終わりまで辿り着いているかの二種類しかありません。

そういう意味では、本当に光源氏が死ぬ場面まで辿り着いている、天海祐希主演の『千年の恋　ひかる源氏物語』はなかなか珍しい例で、原作と多少違うところもありますが、取り敢えずこれか、モノクロで手に入りにくいのですが、紫式部学会が全面的にバックアップしている、長谷川一夫主演の最初の『源氏物語』の映画から始めることをお薦めします。

27.『源氏物語』の外国語訳ってあるの？

レディ・ムラサキ

最後は国際化の時代らしく、『源氏物語』の外国語訳のお話で締めたいと思います。実は『源氏物語』の外国語訳はたくさんあります。数年前の時点で、大体三十か国語くらいに訳されているとされていますから、主要な外国語訳はほぼあると言っても良いでしょう。もちろん最初は英訳で、一八八二年に末松謙澄（すえまつけんちょう）が訳したものがありますが、残念ながら部分訳ですから、その存在が広く知られたとは言えません。しかし、次に英訳をしたアーサー・ウェイリーは読んでいたらしく、それも参考にして、鈴虫巻を除く全巻を訳しています。これは今も読み継がれているほど世界中でヒットし、そこで彼が紫式部をレディ・ムラサキと呼んだので、皆さんも外国人と話していると、「レディ・ムラサキのザ・テイル・オブ・ゲンジ（これが『源氏物語』の英語名）を知っているか」と聞かれることがあるかも知れません。それほどこの訳は有名で、日本人なら皆『源氏物語』を読んだことがあると、外国の人は思っているようですから、せめて本書でも読んで、勉強しておいてください。

英訳『源氏物語』

中国語・韓国語などのアジアの言語を除き、他の国の言語は大体一種類しか訳がありませんが、いち早く訳されたせいか、英訳『源氏物語』はこれまでに三種が存在します。ウェイリー、サイデンステッカー（一九七六年）、タイラー（二〇〇一年）です。皆それぞれ努力されていますから、簡単に優劣を付けることなど出来ないのですが、やはり日本研究の深化によるものか、新しいものほど、日本人が読んでも納得できることが多いです。揚げ足を取るつもりはありませんが、ウェイリー訳では梅雨が downpour（どしゃぶり）と訳されていますし、サイデンステッカー訳では夕顔が Evening Faces です。前者は英語圏に梅雨はないのですから仕方がないところがありますし、後者は確かに間違いではないのですけど、「なんだかなあ」と思うのは、多分私だけではないと思います。この後に訳されたタイラーのThe Twilight Beautyの方が、かなり分かるのではないでしょうか。

くどいようですが、これらは決して「誤訳」をあげつらっているつもりはありません。むしろこれら外国語訳は、それを通して改めて日本文化を知るためのものとして利用した方が良いのではないでしょうか。

韓国語訳と中国語訳

外国語訳を通して改めて日本文化を知ると言うと、興味深いのは、同じアジア文化圏である韓国語訳と中国語訳です。前にも触れたように、韓国語訳は、最初（一九七五年）の柳呈訳を始めとして多数あるのですが、残念ながら柳訳は絶版で手に入らないようです。その他の主要な訳としては、一九九九年の田溶新訳、二〇〇七年の金蘭周訳、二〇〇八年の金鐘徳訳等がありますが、この他にもかなりあるようで、全体を把握するのは難しいです。ただ、ほとんどが現代日本語訳から訳していると聞いています。

中国語訳も多数あるのですが、これもほぼ、現代日本語訳からの訳のようで、原文から訳したと思われるのは、中華人民共和国の豊子愷によるものと、中華民国の林文月によるものの二つぐらいです。それぞれ、簡体字と繁体字、横書きと縦書きという、それぞれのお国事情も分かって結構面白いものですが、もともとが漢字なので、林文月はそのまま巻名を流用しています。匂宮の「匂」は国字（日本で作った漢字）ですから、果たして中国の人は分かるのかしら、などと、よけいな心配をしてしまいます。その点豊子愷は「匂」にちゃんと注を付けていますし、巻名も絵合を賽（＝「競」の意）画とするように、その方が中国人には分かりやすいだろうという感じに直してありますから、古典中国語を使用しているため、中国人にも理解が難しいとは聞きますが、豊子愷の方がお薦めです。

それでも「湯漬け」を「羹」（スープ）と訳したりしていますから、これは中国人に分かりやすいよう、わざとこうしているのだろうか。まさか「湯」を「タン」（中国語でスープ）と勘違いしていないよな、などと、やはり文化の差を知るには役に立ちます。皆さんも『源氏物語』の外国語訳に是非トライしてみてください。

あとがき

『源氏物語』に関する雑学、如何でしたか。教育関係の方は良く御存知でしょうけど、文部科学省が、小・中・高の学習目標を定めた学習指導要領というものがあり、古典（正確には、「伝統的な言語文化と国語の特質に関する事項」という長い名前です）の中学校第二学年の二個目の目標（正確には「内容」）は、「古典に表れたものの見方や考え方に触れ、登場人物や作者の思いなどを想像すること」とありますから、少なくとも中学校二年の授業では、この本に書かれているようなことを教えるべきだと思います。しかし、仕事柄、教育実習の視察で小・中・高の授業はまだ良く見ますけれども、残念ながらこのような授業が行われているのを、ついぞ見たことはありません。

自分で言うのも何ですが、その理由の一つは、このような知識を学ぶのは大変なことで、何かの本に纏（まと）まっているということも先ずありません。私が『源氏物語』を研究し始めてから、かれこれ三十年以上が経ちますが、その間に読んだ膨大な資料を集積して出来たのがこの本なのです。それでも、急ぎの仕事を優先したため、書き始めてから足かけ三年を費やしてしまいました。ですから普通の方が、ちょいちょいと勉強するのは難しいのです。

「はじめに」でも述べたように、これも商売柄、今でも小・中・高の先生方とはたくさんつきあいがありますから、「先生、古典常識を学ぶのに適当な参考書はありませんか」という質問は良く受けますし、「残念ながら、ありません」（正確には一、二冊あるのですが、分野が限定されていて、古典全てというわけにはいきません。まあ、この本も『源氏物語』限定ではありますが）と答えると、「じゃあ、先生が書いて下さい」というリクエストも良く受けて、遂に書いてしまったのがこの本とも言えるでしょう。ですから、それなりの需要はあるはずなのですが、教育関係の人だけでなく、広く『源氏物語』に関心のある方にも喜んでいただければ幸いです。

御存知の方も多いでしょうが、この新書のシリーズで、私が最初に書いたのは、『アニメに息づく日本古典―古典は生きている―』というものでした。なぜなら私は、古典と同じくらいアニメが好きで、自分では「裏専門」と呼んでいるくらいなので、今回も最後はそうしたエピソードで締めたいと思います。

　声優さんに限らず、役者さんたちも皆そうなのですが、彼らが口に出す科白は、全て台本に書いてある言葉です（アドリブは除く）。言ってみれば彼らは一種の「朗読」をしているのと同じだと思いますが、科白を「読んでいる」うちは、人を感動させることは出来ません。何故ならその科白は、作中人物にとっては自分の中から湧き上がってきた真実の言葉であるはずだからで、「読んでいる」だけでは、所詮「生きた言葉」にならないからです。では、どうすれば科白を生かすことが出来るのか。いろんなやり方があるでしょうけれども、ある声優さんはこんなことを言っています。「たとえその作品には出てこなくても、その人物がどんな町に住んでいるのか。どこを鉄道が走り、角の向こうには何があるのか。また、科白を投げかける相手とはどのくらい距離が離れているのか。そういうことを全て想像した上で科白を言いなさい」と。

　まさしくこれは真実だと思います。物語を読む上でも、書かれていることを理解するだけでは、どうしても平べったい世界になってしまい、さほど面白くありません。その世界を立体的に捉え、あたかも自分の目の前に立ち上がってくるように把握すること。それが真に物語を楽しむ術なのです。この本がそうした上でお役に立つことを祈念しつつ、筆を置くことにしたいと思います。

二〇一六年一月

山田利博

山田 利博（やまだ としひろ）
1959年 1月26日　神奈川県川崎市に生まれる
1982年 3月　早稲田大学第一文学部日本文学専攻卒業
1989年 3月　早稲田大学大学院日本文学専攻博士課程満期退学
専攻／学位：源氏物語を中心とする平安朝散文／博士（文学）
現職：宮崎大学教育学部教授
主著：『源氏物語の構造研究』（2004年, 新典社）
『アニメに息づく日本古典―古典は生きている―』（2010年, 新典社新書）
『源氏物語解析』（2010年, 明治書院）

新典社新書 67
知ったか源氏物語

2016 年 8 月 1 日　初版発行

著者 ―― 山田利博
発行者 ―― 岡元学実
発行所 ―― 株式会社 新典社
〒101-0051　東京都千代田区神田神保町1-44-11
編集部：03-3233-8052　営業部：03-3233-8051
ＦＡＸ：03-3233-8053　振　替：00170-0-26932
http://www.shintensha.co.jp/　E-Mail:info@shintensha.co.jp

印刷所 ―― 惠友印刷 株式会社
製本所 ―― 牧製本印刷 株式会社

ISBN 978-4-7879-6167-9 C0295

定価はカバーに表示してあります。
乱丁・落丁本は、お取り替えいたします。小社営業部宛に着払でお送りください。